LES ROMA[...]
AUBE D'AMOUR
PAR HENRY FRICHET
75 C.
L'OUVRAGE COMPLET

HENRY FRICHET

1915

AUBE D'AMOUR

PROLOGUE

Nous aimons, à cause de nous, le paysage qui semble le mieux encadrer nos goûts, nos habitudes, nos faiblesses.

Je n'ai jamais mieux ressenti cela qu'à l'aspect d'un petit hameau triste et misérable situé entre le Havre et Etretat, à une demi-lieue de la mer.

Il y a quelques années, on n'y rencontrait ni métairie, ni enclos, ni pommiers. On se serait cru plutôt en Bretagne qu'en Normandie ; impossible d'approcher du rivage sans traverser une lande aride, couverte de ronces, aboutissant à une falaise abrupte de quatre cents pieds. Le roulement des automobiles fuyant le long des routes dans des envolées de poussière, l'appel insolent des chauffeurs, ne troublaient pas encore la paix de ces solitudes.

De ci, de là, quelques huttes bâties en boue, alignées à intervalles égaux sur cette falaise, servaient de refuge pendant la nuit aux malheureux douaniers qui, par les gros temps, enveloppés d'un caban de toile cirée, passaient leur vie loin de toute habitation, à guetter attentivement chaque voile en vue de la côte...

Or, un peu au-dessous de ce village est un chemin vicinal qui, faisant un coude, conduit à Etretat ; au détour de ce coude, il semble que la nature ait voulu ménager une surprise consolante. On aperçoit enfin de la verdure : une haie longe la route et quelques pommiers s'épanouissent. Voilà le vestibule de l'Eden en question ; quant à l'Eden lui-même, il se compose de deux maisonnettes semblables, accotées l'une à l'autre, telles deux sœurs jumelles qui, aux jours de fête, se parent des mêmes vêtements.

Chacune possédait sa porte autour de laquelle couraient des branches de vigne-vierge ; chacune n'avait que deux fenêtres sur la route. Aux deux angles des enclos, s'élevaient deux tonnelles enguirlandées de glycine, et, vis-à-vis, de l'autre côté des portes pareilles, un banc de bois fraîchement peint en vert. C'était bien cela : la tonnelle pour l'été, le banc pour l'hiver.

Derrière les deux habitations, s'étendaient les enclos fermés par une palissade à claire-voie de dispositions parallèles ; ils étaient pour ainsi dire meublés de la même façon, et, quoique une barrière treillagée coupât le terrain par la moitié et délimitât les deux propriétés, on eût pu les croire appartenant au même maître. Au milieu de chaque enclos, un vaste pommier aux branches inclinées jusqu'à terre protégeait de son ombre la pelouse verte dont les rayons du soleil avaient échancré les contours.

A droite des pommiers et en regard des jardins, deux sortes de cabanes au toit de chaume, édifiées à l'aide du merrain de quelques vieux tonneaux décerclés, servaient d'abri à la basse-cour. Tout cela d'une propreté, d'un luisant rare chez les paysans.

On avait pratiqué au milieu du treillage la trouée nécessaire à l'emplacement d'un puits, centre commun des existences qui s'agitaient dans cette habitation à double compartiment ; sa margelle s'appuyait également sur les deux enclos, c'était la servitude qui reliait les deux maisons.

Autour de la margelle, quelques pieds de terrain entièrement libre permettant d'aller d'un enclos à l'autre. Donc, cette mitoyenneté n'était pas une de ces mitoyennetés jalouses engendrant haine et procès, mais une mitoyenneté bénigne, acceptée, probablement chérie comme un bonheur de plus.

A l'aspect de cette double façade mi-partie rouge et blanche, selon l'usage normand, reluisante sous la frange d'or de sa toiture, je sentis tout à coup mes vieux plans de retraite et de repos s'éveiller en moi plus vivaces.

— « Voilà où se trouve le bonheur ! m'écriai-je, ou il n'est nulle part. Ici, j'accrocherais volontiers ma plume de romancier comme un vieux soldat son fusil, et je cacherais derrière la porte les bouteilles d'encre que j'aurais taries ! »

Je suis curieux par métier d'écrivain. J'ai donc voulu connaître jusqu'à quel point mes impressions se trouvaient d'accord avec la réalité. Sans hésitation, je m'adressai à un vieillard qui apparut sur l'un des seuils jumeaux, et, sous prétexte de me faire indiquer mon chemin, l'ayant complimenté de l'air avenant de son logis et de son enclos, en remarquant avec soin la fraternelle similitude de bonne grâce et de prospérité de l'enclos contigu, je liai conversation. Aux détails fournis volontiers par ce vieillard, causeur agréable, je pus ajouter d'autres renseignements recueillis à l'auberge du hameau où je pris mon repas avant de me remettre en route.

J'ai écrit, de souvenir, la simple histoire que voici :

I

Les deux maisons étaient habitées par deux ménages.

A la tête du premier, trônait Pascal Fourchaud, petit homme maigre, plutôt chétif, aux cheveux grisonnants, à la face fripée, toute sillonnée de rides : un ancien métayer. Sa parole avait eu cours pendant vingt ans sur les marchés des alentours, et il savourait maintenant, dans toute leur plénitude, les délices d'un repos laborieusement acquis.

Au demeurant, Normand de race pure, ayant autant horreur d'un oui ou d'un non qu'un bon catholique d'un péché mortel. Il cachait politiquement, sous un air de profondeur *réfléchisseuse*, les hésitations de son caractère.

Pascal Fourchaud représentait assez bien, dans son ménage, un monarque constitutionnel : il régnait, mais il ne gouvernait pas. Le chef réel et responsable portait jupon, bonnet de Cauchoise, et, le dimanche, la croix d'or passée dans un ruban de velours. Quand madame Fourchaud parlait, son mari se taisait ; s'il s'agissait d'une question à résoudre, elle était déjà résolue par la femme cependant que le mari réfléchissait encore.

Le digne Pascal, eu égard à son aisance, fut nommé maire du village. Par la majorité, il était accepté sérieusement pour ce qu'il paraissait être ; mais il y eut une minorité plus maligne et plus clairvoyante qui lui contesta la réalité de son pouvoir municipal ; là-dessus, les plaisanteries ne firent pas défaut, même en présence du maire, lequel répondait, paterne, clignant des yeux, avec son sourire normand mi-fin, mi-bête.

— « Hé ! hé ! qui peut savoir comment le père Fourchaud met ses culottes ? »

Ce singulier dicton était sa réponse favorite, une espèce de formule employée à tous propos, et comme cette formule résumait assez bien ce caractère toujours flottant, le refrain fut avidement recueilli ; seulement on y fit une légère variante et l'on disait quand on voyait passer M. le Maire, ou quand il entrait au cabaret les dimanches :

— « Hé ! hé ! qui peut savoir comment la mère Fourchaud met ses culottes ? »

Dans la hiérarchie domestique venait en troisième lieu une grande et belle jeune fille de dix-huit ans, l'œil vif, les dents blanches, le nez fin, les joues rosées, bien plantée, comme sa mère, pour gouverner son mari quand elle en aurait un, se contentant, en attendant, d'aimer beaucoup son père qui la câlinait fort, et sa maman qui la grondait pour rire.

Elle se nommait Lucie ; enfant unique, elle passait pour un excellent parti, et à la *claquette* du village, au marché au beurre et aux œufs, il était souvent question de l'héritière. A qui le père Fourchaud la donnerait-il ? On ne savait pas encore.

Mlle Lucie montrait des mains aussi blanches que les demoiselles du Havre, elle possédait son brevet et savait jouer du piano et peindre un peu. Elle avait peint dans la salle à manger un panneau représentant un magnifique pommier sous l'ombre duquel paradait un superbe coq entouré de quelques poules grattant la terre. Ce travail « conséquent » produisit dans le village une immense sensation et devint l'objet de certaines visites qui masquaient sous un air d'indifférence assez mal joué, leur but véritable. On entrait *par hasard, en passant,* chez Mme Fourcaud, histoire de lui *souhaiter un petit bonjour,* mais, au fond de ces politesses, on sentait percer le désir de voir le pommier et le coq.

Le brevet, la musique, la peinture, étaient des avantages qu'elle avait rapportés du pensionnat ; ils contribueraient sans doute, selon l'opinion de sa famille, à tenter les meilleurs partis des environs. Mais les avantages les plus décisifs se trouvaient partie dans le bahut du père Fourchaud, partie chez le notaire de l'ancien métayer ; Me Auguise de Criquetot-l'Esneval. Cela se savait bien.

Le chef de la seconde communauté était un homme d'une soixantaine d'années qui avait fait les campagnes d'Afrique sous les ordres du maréchal Bugeaud, et traîné ses guêtres en Crimée et en Italie. Au rebours de son voisin Fourchaud, il gouvernait despotiquement dans son ménage ; sa femme, d'ailleurs, n'était pas de nature à disputer l'autorité. Lorsqu'elle avait dit : « Auguste veut cela », elle n'avait plus rien à ajouter. Pour elle, Auguste Courtine, son mari, représentait toute la science et toute l'intelligence humaines.

Il s'en fallait que la fortune de ce ménage fût aussi solidement établie que celle des Fourchaud ; on disait bien qu'Auguste Courtine avait payé comptant la maison qu'il habitait, mais cette assertion rencontrait des incrédules.

Il possédait sur la mer une barque qu'on pouvait voir, à la marée basse, attachée au pied d'un escalier à pic pratiqué dans la falaise. Il était pêcheur, soit ! mais comment admettre que les produits de sa pêche l'eussent mis en mesure de payer au comptant une maison qui pouvait valoir trois mille francs au plus bas prix ? Car il n'était en relation avec aucun mareyeur ; or, personne, dans toute la région, de Sainte-Adresse au cap d'Antifer, ou d'Etretat à Saint-Valéry, ne pouvait, pour vendre son poisson, se passer d'intermédiaire.

Ce défaut de clarté dans la situation de l'ancien soldat avait donné lieu à certains bruits.

Il arrivait quelquefois par les gros temps, quand la brume empêchait les gardes-côtes de distinguer quoi que ce soit en mer à plus d'une portée de fusil, qu'un chasse-marée dont les voiles grises étaient à peine visibles dans les vapeurs de l'atmosphère, s'approchât le plus près possible de la côte, puis, à un moment donné, un canot quittait son bord, avançait en divisant la lame ; une corde se déroulait du haut en bas de la falaise et, au bout de quelques instants, remontait chargée d'un colis fraudant les droits du gouvernement.

Le voisin des Fourchaud n'avait jamais été ouvertement compromis dans ces coups de main, mais l'opinion publique le désignait.

Chaque fois qu'Auguste Courtine et quelque agent de la douane se rencontraient en plein air, ils ne manquaient pas de s'adresser un salut narquois accompagné d'un sourire équivoque. Leur inclinaison de tête ne retirait rien à la moquerie du particulier, pas plus que leur sourire n'étouffait en entier, chez le serviteur de l'Etat, un grognemnet de chien en colère, lequel signifiait : « Je te salue en attendant que je te fusille ! » Politesse de garde-chasse à braconnier...

Conformément à cet axiome que voler le gouvernement n'est pas voler, non seulement le contrebandier n'était pas mal vu dans le pays, mais encore, aux bruits courant sur son compte, il avait acquis ce reflet de considération spéciale qui s'attache aux entreprises aventureuses et aux hommes audacieux.

Depuis que l'ancien soldat était devenu le voisin du pacifique Fourchaud, il s'était, selon l'expression commerciale, complètement retiré des affaires ; on ne le voyait plus, le soir rôder sous la falaise, avec son air rogue et sa blouse grise ; il vivait aussi tranquillement qu'un ancien marchand de bonnets de coton de la rue du Mail.

— « J'ai fait mon temps, disait-il quelquefois, en riant ; comme l'Empereur premier, j'ai abdiqué. »

Mais, plus heureux que Napoléon, il avait eu le plaisir de choisir lui-même son successeur, et de le prendre dans sa famille ; c'était son fils unique, un grand garçon de vingt-cinq ans, brun, hâlé, la poitrine large, les reins solides, les yeux bien fendus et nettement dessinés sous la double courbe de deux sourcils noirs et épais comme des plumes de corbeau. Il avait nom Lucien ; par abréviation, on le nommait *Luc*.

Ainsi, comme le ménage Fourchaud, le ménage Courtine avait un représentant jeune, alerte et beau, son printemps entre deux automnes.

Luc, dans l'ensemble de ces deux existences bilatérales, correspondait à Lucie, et si la fille de l'ancien métayer pouvait espérer un beau mariage, le fils de l'ex-contrebandier n'était pas davantage à dédaigner. Un joli garçon qui exerce un métier dangereux, qui, tous les jours, peut mourir d'une balle au cœur, est toujours un objet de curiosité, souvent de sympathie pour les imaginations féminines.

Quand il traversait le village en se dirigeant à travers la plaine vers la falaise, le fils Courtine était suivi d'un énorme chien, qui partageait la popularité de son maître. Ce chien, une espèce de dogue du Saint-Bernard, avait les poils frisés et longs ; son torse épais se balançait sur quatre énorme pattes. Ceux qui les voyaient passer tous les deux ne manquaient pas de dire :

— « Gare aux douaniers, ce soir ! »

Il se racontait, en effet, dans le pays, qu'une nuit, Luc avait été surpris sur la falaise en flagrant délit par deux de ces messieurs de la douane qui lui avaient mis la main au collet ; toute résistance était impossible ; il fallait se résigner à aller en prison après avoir passé par les mains du procureur de la République, lorsque tout à coup, sans aboiement préalable, deux énormes pattes de chien s'étaient posées d'aplomb sur les épaules de l'un des habits verts, une mâchoire armée de crocs terribles lui avait broyé le cou en un clin d'œil, si bien qu'il y eut en quelques minutes un douanier de moins sur la côte et un cadavre de plus dans la mer.

Que la chose fût vraie ou non, il y avait entre le maître et l'animal une réciprocité remarquable d'affection et de dévouement.

Luc appelait son chien *Gabelou*. Etait-ce par une de ces mystérieuses superstitions communes à toutes les industries extralégales ? Cela se peut, mais les habiles expliquaient autrement cette particularité.

Pour Luc, Gabelou était un compagnon à toute épreuve, un confident d'autant plus précieux qu'il était muet ; aussi la vie de ces deux êtres se passait-elle en commun : Gabelou couchait dans la chambre de Luc, au pied du lit, s'endormait et s'éveillait aux mêmes heures, et partageait la même nourriture. Le dimanche, les jours fériés, Luc faisait la toilette de Gabelou, et c'était chose curieuse de voir ce grand gars de vingt-cinq ans, vigoureux et rude, prendre soin de son ami à museau de lion, avec le même amour qu'une vieille fille de son angora.

II

Pascal Fourchaud et Auguste Courtine étaient, disait-on dans le village, « unis comme les doigts de la main ». On les voyait toujours ensemble, tantôt sous la tonnelle de l'un, tantôt sous la tonnelle de l'autre, et pendant que les deux voisins causaient fraternellement, ou s'animaient gaiement aux luttes du piquet, les bouffées de fumée qui s'échappaient de leurs pipes s'envolaient et dialoguaient fraternellement aussi dans les airs.

Ces deux hommes simples avaient deviné toutes les finesses sur lesquelles repose la sociabilité dans le monde civilisé, moins l'hypocrisie et l'imposture.

Quand Auguste Courtine était en verve, que son humeur belliqueuse le prenait, ce qui arrivait au moins une fois par jour, Pascal Fourchaud ne se lassait pas de l'entendre ; il faisait mieux, il l'écoutait. Jamais l'ancien métayer n'avait dit au vieux soldat : « Vous m'avez déjà raconté cette histoire-là ! » Ce qui est bien la plus mortelle offense que l'on puisse faire à un vieux conteur de batailles.

Auguste Courtine, d'ailleurs, n'était pas en reste de politesse : il s'était constitué le défenseur officieux de la mairie ; il défendait envers et contre tous les actes administratifs de son voisin. Plusieurs fois, on l'avait entendu dire aux opposants :

— « Si quelqu'un s'avise de parler mal de Monsieur Fourchaud, celui-là aura affaire à moi ! »

Une pareille conduite était bien de nature à mériter la reconnaissance de l'officier de l'état-civil, d'autant plus que, moitié sympathie, moitié intimidation, Courtine ne manquait pas d'autorité dans le village ; on n'osait le contredire, le sachant appuyé par son fils et par Gabelou qui, lui aussi, se serait mis du côté du pouvoir, si son maître lui avait dit :

— « Gabelou, va prouver à ces gaillards-là que le maire a raison et que tu es content de sa manière d'administrer la commune ! »

— « Courtine est un peu bavard, disait Pascal Fourchaud, il a le travers de raconter un peu trop longuement ses campagnes, il joue assez médiocrement le piquet ; mais, après tout, c'est un brave, c'est un excellent voisin. »

— « Fourchaud n'aurait pas été un grand vainqueur, disait Courtine, il serait bien embarrassé pour tirer un coup de fusil si les Prussiens revenaient en France, mais c'est un honnête homme et un excellent voisin, quoiqu'il ne soit pas fort au piquet. »

La conformité des goûts, éprouvés dans un contact journalier, établissait entre eux une intimité qui devenait de jour en jour plus étroite ; aussi ce voisinage, fondé sur un échange de bons procédés, de complaisances réciproques, réalisait à leur sens le souverain bonheur.

— « Qu'ai-je à désirer ? disait quelquefois Auguste Courtine dans ses moments d'expansion ; je peux mettre de temps en temps un poulet à la broche, j'ai un excellent voisin pour le partager. Je n'ai pas besoin de me déranger pour trouver quelqu'un qui fasse une partie, et j'ai toujours un verre prêt à choquer le mien quand je bois un pot de cidre. »

De fait, il en était ainsi, les bons morceaux voyageaient d'une maison à l'autre, les cuisines voisinaient.

La même intimité qui réunissait les deux maris rapprochait les deux femmes, c'était plaisir de les voir échanger réciproquement de petits services et des attentions délicates. Quand Mme Courtine allait faire sa provision d'herbes pour ses lapins, elle ne manquait jamais d'en rapporter double charge, et les lapins de la voisine avaient invariablement leur moitié. De son côté, quand Mme Fourchaud faisait un savonnage, elle avait soin de dire à Mme Courtine :

— « Voisine, avez-vous du linge à blanchir ? donnez-le-moi, cela ne coûte pas davantage. »

Cette union était si vraie, cette réciprocité de bonnes intentions allait si loin, qu'elle prévenait jusqu'à cette rivalité de coquetterie et de luxe qui existe presque toujours entre deux femmes, si unies soient-elles. Ainsi, Mme Fourchaud avait deux ou trois bonnets garnis de dentelle, luxe que Mme Courtine ne pouvait pas étaler : eh bien ! Mme Fourchaud se condamnait à ne jamais les porter. Une fois, l'ancien métayer, qui ne comprenait rien à ces délicatesses toutes féminines, dit à sa femme :

— Pourquoi diable ne mets-tu jamais tes bonnets de dentelle ?

Elle répondit :

— A quoi bon, Pascal ! Est-ce que tu ne me trouves pas assez belle comme je suis ? Ma voisine croirait que je veux l'écraser.

Pour compléter le tableau de ces harmonies, Luc et Lucie vivaient dans la meilleure intelligence. Comme ils étaient jeunes tous deux, beaux tous deux, simples et bons tous deux, l'accord qui les unissait, pour être moins visible que celui de leurs parents, était aussi plus sincère et plus poétique.

Un observateur eût pris plaisir à suivre pas à pas, et dans tous ses détours, l'allure de cette sympathie contenue. Cependant, les jeunes gens se parlaient peu, ou ne disaient que des choses insignifiantes, mais rien n'est parfois plus significatif que l'insignifiance même, en pareil cas ; il y avait entre eux mille petits faits subtils qui suppléaient aux mots, et ajoutaient chaque jour quelque nouveau détail à cette ébauche d'amour.

Lucie avait l'habitude d'arroser chaque matin elle-même les fleurs de son jardin ; or, quand elle s'approchait du puits pour tirer de l'eau, elle apercevait toujours un baquet plein que Luc avait rempli.

Car c'était Luc, à n'en pas douter, ce n'était pas Françoise la Beauceronne, la servante aux Courtine, qui l'avait rempli, ce baquet. Mlle Fourchaud n'avait jamais surpris le jeune homme, mais elle en était sûre.

D'autre part, ayant remarqué deux ou trois essais de peinture faits par la jeune fille sur des galets, Luc, chaque fois qu'il descendait sur la plage, recherchait les galets les plus polis, les plus lisses, pour sa jolie voisine.

— Jamais je n'arriverai à les peindre tous, lui disait-elle quelquefois en riant. Et puis, qu'en ferais-je ? Toute la maison en serait garnie.

— Ce que vous en ferez ? Vous me les donnerez. Ce n'est pas plus grand chez nous que chez vous, mais l'on ne trouvera pas qu'ils encombrent, allez !

— Mme Courtine m'en voudra tout de même, parce que je serai cause que vous aurez percé toutes vos poches, à force d'y mettre tant de cailloux. Un de ces jours, je m'attends à ce qu'elle m'envoie votre vareuse à raccommoder, pour la peine.

Et tous les deux de rire, en continuant leurs taquineries, dont chacun était ravi.

— Que n'ai-je appris à faire le portrait ! regrettait Lucie, un jour que le fils des voisins lui montrait un galet exceptionnellement poli, d'un ovale régulier, d'un grain serré, très fin, je vous peindrais là-dessus, vous verriez.

Cette remarque les avait beaucoup amusés. Mais le surlendemain, Luc avait trouvé (probablement en venant emplir le baquet pour l'arrosage des fleurs d'à côté) sur la margelle du puits, son beau galet avec la tête de son cher Gabelou, d'une ressemblance très approchée, au moins telle fut son opinion.

Parmi les volatiles dont Lucie prenait soin, était une charmante jeune poulette de race anglaise, petite et toute blanche, sa préférée.

La poulette de Mlle Lucie — comme on l'appelait, jouissait du respect et de la considération, non seulement des deux maisons, mais aussi de tout le village.

Elle sautait librement à travers les rues, sur la place et dans les champs. Il avait été décidé qu'elle échapperait au sort commun de ses semblables, et Lucie elle-même, comme pour se l'attacher par un lien plus étroit, lui avait donné le nom de Juliette qui était celui de la jeune fille du Havre, son amie d'enfance.

Elle prenait souvent Juliette sur ses genoux, la baisait tendrement au cou et sur les ailes, lui confiait ses pensées de derrière la tête et peut-être celle du fond de son cœur. Les jeunes filles trompent souvent comme chantent le calice des fleurs ou les ailes d'un oiseau.

Luc imagina de garder pour Juliette ses miettes de pain qu'il lui donnait en l'appelant de l'autre côté du treillage et toutes les graines dont elle pouvait être friande. Cet enfantillage prit peu à peu la tournure d'une galanterie, d'une ingénieuse déclaration. Il fournit à Lucie l'occasion de répéter presque tous les jours, en baisant les ailes de sa favorite :

« N'est-ce pas Juliette, que tu aimes bien Luc ? »

Un matin, toujours auprès du puits commun, Lucie montrait à Luc [illegible] qu'elle avait brodée elle-même. Gabelou était [illegible] son maître, et de temps en temps il frôlait la main de Lucie, comme pour [illegible].

— Est-ce que vous [illegible] cette jolie chose ? demanda Luc.

— Pour mon [illegible].

— [illegible]

Luc [illegible] dans sa commode [illegible].

Lorsque Lucie s'apprêta [illegible] du puits, sur la limite des deux [illegible], sans éprouver les violences d'une irrésistible passion, elle subissait déjà l'entraînement vague du cœur qui s'éveille. Si le roman ne débutait pas par un coup de foudre — le fameux coup de foudre — il n'en était pas moins commencé.

[illegible] mariage en herbe, le consentement des parents manquait. Celui d'Auguste Courtine n'était pas douteux : l'ancien soldat ne pouvait espérer pour son fils un parti meilleur que Lucie ; mais Pascal Fourchaud, qui possédait une fortune rondelette et liquide, consentirait-il à donner sa fille à un jeune homme dont les espérances matrimoniales n'étaient pas clairement établies ?

La jeune fille regagnait la maison paternelle toute [illegible] réflexions, tremblante déjà en pensant à l'avenir.

III

Depuis deux ou trois soirs, après souper, tantôt sous la [illegible], tantôt sous la tonnelle de l'autre ménage, Fourchaud [illegible] avec le ménage Courtine.

Comme elle savait bien de quoi il était question, Lucie n'[illegible] aucune curiosité, et négligeait ces colloques pour donner aux fleurs de son parterre tous les soins dont elle se faisait un délassement.

Il s'agissait du voyage au Havre, sans aucun doute.

Le voyage au Havre ! c'était une date, sur le calendrier de la famille du maire.

Tous les ans, les Fourchaud avaient l'habitude, en souvenir de leur temps de métayage, d'aller passer une journée complète chez les Merville, leurs anciens patrons.

Lucie, elle, qui allait là-bas plusieurs fois l'an, se préoccupait peu des plans que l'on semblait exposer aux Courtine en leur demandant probablement la liste de leurs commissions.

Heureuse de revoir son amie Juliette et de prendre quelques bonnes heures de distraction en ville, elle jardinait, émondant ses rosiers la veille du

Le moyen de dormir en pensant à tout cela !

départ, lorsqu'elle fut confondue d'entendre son père, qui venait de l'appeler, lui parler en ces termes :

— Petite ! C'est demain que nous allons au Havre... Mais, pour ce coup-ci, nous ne pouvons pas t'emmener ; il faut que tu nous rendes le service de garder la maison...

— Tu veux dire les maisons, Pascal ? interrompit sa femme.

— Oui, bien, reprit-il. Les maisons, celle du voisin Courtine comme la nôtre, car ils viennent avec nous, papa et maman Courtine, et, tu sais, Luc est en mer pour un couple de jours ; on ne compte pas qu'il rentrera avant demain soir tard, peut-être après-demain... Bref, c'est entendu comme ça, on doit s'obliger entre amis : ils ont des affaires au chef-lieu, nous aussi, on y va ensemble. Toi, tu veilleras sur les deux servantes... D'abord la carriole à Joulat que je loue n'a que quatre places. Donc, pas moyen d'y aller cinq. Tu es raisonnable. Pour te consoler, on te rapportera quelque chose.

— Quant à ça, pour ma part, je m'y engage ! fit solennellement Auguste. Ce sera pour payer la gardienne, si, au retour, nous retrouvons notre logis à sa place.

— Elle est bien mignonne ! disait la mère.

— Il y a bien d'autres enfants qui ne prendraient pas la chose comme elle, non ! renchérissait sa voisine.

Et le papa de répéter :

— Tu verras, petite, tu verras ! Tu n'auras pas à t'en plaindre, je te le promets, oui bien !

Malgré que l'on fit tout ce que l'on pût pour adoucir à Lucie cette privation d'une partie de plaisir depuis longtemps convoitée, la contrariété de la jeune fille était grande. Mais elle ne montra pas son dépit ; dès l'instant que son père et sa mère rendaient service aux parents de Luc, elle ne pouvait que les y aider avec empressement, quoi qu'il lui en coûtât de ne pas voir Juliette Merville et de perdre une bonne journée d'amusement.

— Qu'est-ce qu'on fera demain toutes les deux seules, Mademoiselle ? demanda la grande Catherine à sa jeune maîtresse au moment où celle-ci montait se coucher.

— Ah voilà !... fit-elle en prenant une petite mine d'importance pour cacher à l'autre qu'elle n'y avait pas encore réfléchi. Voilà ! Vous verrez ! ce n'est pas l'occupation qui nous manquera... Vous verrez !...

Or, ce soir-là, à peine était-elle au lit, qu'on heurta à la porte de leur logis, discrètement, d'ailleurs.

Pascal Fourchaud fut ouvrir, introduisit le visiteur dans la salle, d'où les voix arrivaient jusqu'à sa chambre, située directement au-dessus.

Et, bien qu'elle ne distinguât aucune phrase entière, des bribes de dialogue, devinées plutôt qu'entendues, la firent haletante. La voix qui alternait avec celle de son père, c'était la voix du douanier Ducreux !

Que venait donc faire cet homme chez eux à pareille heure ?

Un instant, elle pensa descendre sans bruit, pour se coller derrière la porte et mieux écouter. C'eût été trop vilain.

La tête en feu, elle se releva, retenant sa respiration, s'agenouilla peu à peu sans s'en apercevoir, s'étendit sur le plancher de manière à mieux saisir les mots, ne songeant point que ce n'était guère plus beau.

Son père et Ducreux discutaient avec vivacité. Le préposé parlait longuement, semblait insister pour gagner Pascal à quelque chose qui lui tenait au cœur ; de son côté, le père de Lucie opposait de nets refus, réitérés sous la même forme chaque fois que son interlocuteur s'interrompait soit pour reprendre haleine, soit pour attendre sa réponse. Bientôt, l'organe plus criard de Mme Fourchaud vint s'y mêler : avec plus de paroles, la femme du maire venait évidemment appuyer son mari. Elle trancha d'un ton péremptoire au bout d'une déclaration pendant laquelle Ducreux n'avait fait entendre que quelques monosyllabes découragées. Ensuite, les deux hommes se dirigèrent vers la porte, qui fut ouverte ; au seuil, Lucie perçut distinctement que Ducreux répétait : « C'est un service, c'est un service, un grand !... » comme pour tenter son hôte ; mais ce dernier, raffermi encore par l'intervention de sa femme, répondait : « Non, non, non ! Pour ça non ! Fâché ! Mais ni comme service, ni autrement... » Ils se souhaitèrent le bonsoir à voix basse, et la porte fut barrée de nouveau à l'intérieur. Les époux Fourchaud se mirent au lit et bientôt toute l'habitation s'enveloppa de silence.

Une seule personne ne dormait pas : oui, Luc était en mer, avec son ami Gabelou, pour deux ou trois jours. C'est tout ce qu'elle en savait. Et ces gens de la douane qui frappaient et entraient chez eux, s'entretenaient avec le maire... Qu'avait-on bien pu leur refuser, ou plutôt qu'avaient-ils donc demandé, pour qu'on le leur refusât aussi obstinément et d'une façon aussi catégorique ?

Luc était en mer...

Ce Ducreux tournait autour des Deux-Maisons...

En mer pour deux ou trois jours.

Le moyen de dormir en pensant à tout cela !

Au dehors, la nuit était claire et l'on devait voir dans la campagne comme si l'aube allait poindre. La fenêtre de la chambre de Lucie n'avait point de volets ; cette lumière blanche et vaporeuse, plutôt que rayonnante, qui baignait la lande aride, noyait les champs de colza, pénétrait à travers les rideaux, allait jusqu'au lit de la jeune fille : sous ces ondes pâles, les contours des meubles prenaient un aspect fantômatique. Tantôt ouvrant les yeux et tantôt les refermant, essayant de tromper l'insomnie, Lucie se croyait parfois environnée d'êtres mystérieux, — et c'étaient le coin de la cheminée, une chaise au pied du lit, le profil de l'armoire émergeant à peine de son coin d'ombre... Elle percevait confusément la plainte du flot derrière sa muraille de falaises, l'éternelle voix qui s'ajoutait à ce regard blanc de la nuit dans les maisons, à travers les carreaux.

Luc en mer...

Ses ennemis le guettant...

Le moyen de dormir !

IV

Il y avait une fête au Havre, et une fête au ciel, car un beau soleil, sur ce pays de Normandie, resplendissait depuis l'aurore.

Vers neuf heures du matin, la carriole d'osier bannée louée par Pascal Fourchaud s'arrêta devant sa porte ; le cheval, quoique d'assez chétive apparence, se mit à hennir bravement ; en sa qualité d'un des derniers descendants de cette ancienne variété de bidets cauchois, qu'on élevait jadis entre l'embouchure de la Seine et le cap de la Hève, et qu'on estimait pour la rapidité de leur amble, comme pour leur endurance. Un moment après, Fourchaud sortit de sa maison tout endimanché ; il avait endossé la veste et le gilet gris des grands jours, le pantalon blanc, la cravate à petits pois et le chapeau mou en feutre luisant.

Quand il eut lancé un regard interrogateur vers le ciel qui se déroulait d'azur au-dessus de sa tête, caressé de la main le poitrail du bidet, il obliqua avec un air de satisfaction vers la demeure de Courtine, entrebâilla la porte d'entrée et glissa à travers l'ouverture un appel sonore ?

— Etes-vous prêts, les voisins ?

On vit alors apparaître Auguste Courtine, redressant sa taille comme un soldat au port d'armes. Il exhalait une forte odeur d'épices ; sa femme ayant sorti d'un vieux coffre à bois, où elle reposait entre deux couches de gros poivre, la redingote bleue croisée à double rang de boutons, qui ne voyait le jour que dans les circonstances solennelles. Courtine portait également un pantalon de coutil blanc, un peu juste, laissant apercevoir la tige de caoutchouc de sa bottine ; son col de chemise lui traçait sous le menton un cercle sanguinolent, mais il avait ainsi, prétendait-il, l'air d'un officier en retraite.

Après avoir, à son tour, interrogé le ciel, il tendit la main à Pascal Fourchaud :

— Bonjour, voisin, quelle chance ! nous allons avoir beau temps.

— Oui, sans doute, nous allons avoir beau temps, mais vous verrez que les femmes vont nous mettre en retard ; je gage que la voisine n'est pas encore prête et qu'elle a bien encore une vingtaine d'épingles à attacher. Si nous partons trop tard, ça ne sera pas poli pour ceux dont nous ferons attendre le déjeuner là-bas. Sans compter que la route n'est point bonne cette année entre Couville et Octeville !

— Qui peut savoir comment le père Fourchaud met ses culottes ? dit une voix de femme. Ah ! ah ! voisin, vous ne vous attendiez pas à cette surprise-là, je n'ai plus d'épingles à attacher, je suis prête.

— Prête et crânement mise, ma voisine, dit le métayer, qui n'était pas fâché de voir donner tort à sa prédiction.

Et, tournant autour de Mme Courtine, il détailla avec admiration toutes les parties de cette belle toilette : robe d'indienne toute neuve à carreaux noirs et blancs, si surabondamment apprêtée, qu'au lieu d'onduler, les plis de la jupe tombaient raides et à pic, depuis la taille jusqu'aux talons ; fichu de soie bleue à franges dont les deux bouts se joignaient en forme de torsade, à une ceinture de velours. Le bonnet, énorme édifice cauchois à papillons et à ruches, s'élevait à la hauteur d'un pied sur un transparent de carton bleu.

La toilette de Mme Fourchaud était exactement semblable à celle de Mme Courtine : même robe d'indienne à carreaux noirs et blancs, même fichu bleu à franges, même bonnet montant de gaze et de tulle.

— Ne dirait-on pas les deux sœurs ? observa Pascal Fourchaud. Allons, voisin ! la main à ma femme pour monter en voiture, moi, je donne la main à la vôtre.

Et, tout en conduisant Mme Courtine vers la carriole, il se mit à fredonner joyeusement le refrain de la ronde campagnarde :

« C'est aujourd'hui la fête
La fête des bonnes gens !... »

effrayée qu'elle était de sa hardiesse, elle ajouta à voix basse, avec un mélange charmant de résolution, de naïve coquetterie et de pudeur craintive :

— Tenez, Luc, je vous invite à dîner... Voulez-vous ?...

Embarrassé, étourdi, pliant sous le poids de cette joie inespérée, Luc cherchait une réponse ; mais avant que cette réponse arrivât à ses lèvres, Lucie s'était enfuie.

Lucie aussi était émue plus qu'elle n'aurait voulu l'être. D'abord, poussée par le dépit, elle n'avait vu dans sa démarche qu'une sorte de petite vengeance, un acte insurrectionnel contre l'autorité abusive des parents ; mais quand elle eut réfléchi, se rappelant les paroles qu'elle avait adressées à Luc : « Nous dînerons seuls », le contentement de l'esprit de révolte fit place à un étonnement intérieur, à une sorte d'inquiétude vague, douce et âcre à la fois.

Heureusement, ce sentiment mélangé dura peu ; elle finit par se persuader que ce qu'elle venait de faire n'était qu'une simple malice sans la moindre importance.

Ce cas de conscience réglé, elle songea à la servante : Catherine était très bavarde. Il s'agissait de l'éloigner. Justement, il y avait un mot de son père pour un cultivateur de Saint-Germain de l'Epivent. Au lieu de le remettre au facteur quand il passerait, elle l'enverrait directement par la bonne.

— Et vous rapporterez la réponse, s'il y en a une, entendez-vous, Catherine ?

— La réponse, s'il y en a une, oui, mademoiselle.

— Si Françoise veut aller avec vous jusque-là, demandez la permission à M. Lucien, cela vous fera une compagnie.

Catherine ainsi écartée et la Françoise par dessus le marché, Lucie s'occupa entièrement des préparatifs de son repas. Comment traiterait-elle son convive ? Il fallait un petit dîner fin, délicat, sortant des habitudes de la cuisine villageoise. Comme pièce principale, elle imagina un magnifique plat d'œufs à la neige. C'était une singulière idée si l'on pense que Luc était un gaillard vigoureux et de bon appétit Mais Lucie ne pensait pas que Luc pût avoir faim ; il fallait plutôt songer à l'occuper qu'à le nourrir.

Les femmes, d'ailleurs, commettent aisément de ces erreurs-là ; tous ceux qui ont aimé savent ce que signifient ces mots prononcés par une bouche fraîche et souriante : « Mon ami, je confectionnerai moi-même le dîner, aujourd'hui... » On nourrit les amoureux comme les serins ; les amoureux sont-ils plus à plaindre pour cela ? Si on les nourrit mal, on les sert avec tout le soin, toute la coquetterie, tout le luxe imaginables ; on étale pour eux le linge le plus fin, les assiettes les plus neuves, les verres les plus brillants ; ils dîneraient à merveille, si on leur donnait à dîner. Luc fut traité de cette façon.

A cinq heures sonnant, une petite table était dressée dans la grande salle du rez-de-chaussée, servant à la fois, comme c'est l'habitude au village, de salle à manger et de chambre à coucher. Cette vaste pièce s'éclairait par trois fenêtres : deux sur la route et une sur l'enclos. Au fond, une alcôve en menuiserie, fermée par d'immenses rideaux de cretonne à ramage ; à droite, une cheminée très haute, sous le manteau de laquelle Pascal Fourchaud fumait, en hiver ; à gauche, un énorme coucou, horloge rustique qui se règle à l'aide de deux cordes et de deux contre-poids en plomb, le tout enfermé non pas dans un simple boîtier, mais dans une véritable armoire.

Lucie était assise auprès de la table ; parée, souriante ; elle avait voulu mettre sa personne en harmonie avec tout ce décor luisant de propreté et respirant un air de fête. Ses mains étaient encore plus blanches que de coutume, ses beaux cheveux noirs lissés en bandeaux, selon la mode du pays, la coiffaient avec une élégance extrême ; une robe claire, en percale à fleurs, toute simple, mais bien coupée, dessinait sa taille ronde, élancée, sous les plis d'un corsage à la vierge, dont l'échancrure était ornée d'un volant de dentelle ; une ceinture de velours noir coupait les lignes, fixait carrément les formes, dessinant exactement la chute de la taille et l'épanouissement des hanches ; son pied enfin, petit et délicat, dépassait à peine en longueur une des briques qui formaient le parquet, et s'allongeait effilé dans un soulier de cuir jaune.

Ses beaux yeux bruns n'avaient pas ce *flou* langoureux auquel on attribue une expression poétique, mais ils réfléchissaient la lumière, l'intelligence et l'énergie ; son front était fier, droit, d'une blancheur liliale. Sa bouche s'entr'ouvrait pour laisser voir, des lèvres pourprées, une double rangée de dents si blanches que tout son sourire en était éclairé.

V

Le dîner se passa ainsi que Lucie l'avait prévu ; Luc mangea à peine et remplit à merveille le rôle qui lui avait été tracé d'avance. Gabelou seul, quoiqu'il semblât avoir conscience de l'emploi tout à fait digne qu'il tenait, ne jugea pas à propos d'y sacrifier son appétit. Oh ! que notre Gabelou fut heureux, placé entre nos deux amoureux ! Quels soins on prit de lui ! Il eut tous les honneurs de la fête.

Les deux jeunes gens étaient fort aises d'avoir là un chaperon à quatre pattes, pour leur servir de tiers et les aider à masquer leur émotion. Gabelou par ci, Gabelou par là. Oh ! le beau chien ! Oh ! l'aimable chien ! Les compliments pleuvaient, et les caresses !... Tantôt la douce main de Lucie se plongeait dans les flots de sa crinière touffue, tantôt c'était la main plus rude de Luc qui se promenait sur sa vigoureuse échine, en même temps que les croûtes de pain trempées dans la sauce des œufs à la neige tombaient dans sa large gueule. Gabelou supportait cette espèce d'apothéose avec tout l'aplomb d'un comédien consommé, la tête ne lui tourna pas ; il levait alternativement vers son maître et vers son hôtesse son bon regard de brave ami reconnaissant.

A la fin du dîner, Lucie apporta du café, du sucre et de l'eau-de-vie. Elle savait que Luc prenait volontiers son *gloria*. Tout en riant, en disant mille riens, ne s'avisa-t-elle pas de verser dans une assiette placée devant Gabelou, la valeur d'une demi-tasse de café et d'un petit verre environ !

— A ta santé, Gabelou ! dit-elle en lui présentant l'assiette.

Le dogue ne se fit pas prier, et lampa lestement le contenu, puis de nouveau et plus expressivement, tourna les yeux vers Lucie comme pour répondre au toast qu'elle lui avait porté.

Alors, le gros toutou commença à oublier petit à petit le strict décorum qu'il avait gardé jusque-là : il se mit à grogner entre ses dents, puis sa queue frétilla, il n'attendit plus les caresses, il les chercha. Cent fois en une minute, il alla de Luc à Lucie, de Lucie à Luc ; enfin, quand le mouvement l'eut fatigué, il s'arrêta tout court, immobile sur ses quatre pattes tendues, et secouant de la plus singulière façon ses deux oreilles, comme un individu qui cherche à écarter un bourdonnement importun.

— Le café l'a mis en gaîté, dit Lucie en frappant de joie dans ses deux mains.

Mais Gabelou s'affaissa par degrés, s'étendit après cela tout de son long, posa sa tête entre ses pattes de devant, cligna un instant des yeux et finit par s'endormir... Il venait de s'élever à la hauteur d'un homme : il était gris.

L'hilarité de Lucie, à la suite de cet incident, ne fut pas de longue durée. Gabelou endormi, la jeune fille se sentit moins protégée, moins sûre d'elle, plus seule enfin avec Luc ; le dogue n'était plus là pour servir de prétexte à ses lutineries, l'aider à dissimuler son trouble et à cacher sa pensée. Entre ces deux amoureux, il y avait comme une duègne de moins : Argus ronflait.

Mlle Fourchaud baissait maintenant les yeux, les tenait obstinément fixés sur les fleurs peintes qui ornaient le fond de son assiette, tandis que Lucien Courtine levait de temps en temps les siens et admirait la belle jeune fille confuse du trouble qui lui venait. Tous deux se turent ; il avait peur de parler, et elle d'entendre. Ce silence dura plusieurs minutes. Il ne fut rompu que par la respiration sonore du chien et du bruit monotone du balancier de l'horloge dans la grande armoire.

Puis, à ce tic-tac régulier du pendule décrivant son quart de cercle, succéda une espèce de ronflement strident et aigu, semblable au cri prolongé d'une corde à puits frôlant sa poulie, ou d'une tourne-broche tournant sur son axe. C'était encore la voix du coucou, et il ne fallut rien moins que le bruit du marteau tombant huit fois sur le tambour pour tirer les amoureux de leur extase embarrassée.

Alors seulement, ils commencèrent un de ces dialogues dont le thème sera toujours le même, qu'il s'agisse des adieux de Roméo et de Juliette, ou de deux jeunes paysans cauchois en rêve de s'épouser.

— Il faut partir ! dit Lucie la première : voici huit heures qui sonnent, et mon père va rentrer ; partez, au nom du ciel, partez !

— Déjà partir ! répondit Luc tristement. Quand, à peine, j'ai eu le temps de vous voir, de vous parler ! Vous dites que votre père va rentrer, ne le croyez pas, Lucie ; je le connais, moi ; il restera au Havre jusqu'à ce que tous les plaisirs de la fête soient épuisés, jusqu'à ce que le dernier lampion soit éteint.

— Mais voulez-vous donc que mes parents vous trouvent ici, seul avec moi ! Que penseront-ils ? Avez-vous donc si peu souci de ma tranquillité, de ma réputation, que vous vouliez sacrifier l'une et l'autre à je ne sais quel caprice qui n'a pas de raison ?

— Je pars, dit vivement Luc ; ah ! plutôt mourir que de vous compromettre, plutôt mille fois mourir que de vous attirer un reproche, de vous causer un chagrin !...

En disant cela, il reculait d'un pas, mais, en même temps, son air était si triste, sa voix si émue, ses yeux exprimaient si bien le regret plus encore que la résignation, que Lucie reprit à son tour :

— Restez quelques instants, mon ami ! vous avez peut-être raison ; non ! mon père ne peut pas revenir si tôt ; nos parents s'amusent trop là-bas pour songer à nous. Il me semble que je les vois contemplant les illuminations de la ville, les lumières qui courent de cordages en cordages jusqu'au haut des grands mâts ! Restez encore, Luc, je ne vous renvoie pas.

— Il faut partir ! il faut partir ! s'écria Luc à son tour, votre père doit être inquiet.. Il doit avoir envie de vous revoir Il me semble entendre déjà les grelots et le bruit des roues sur les cailloux du chemin. Mon Dieu ! s'il arrivait ! Adieu, Lucie, adieu !... donnez-moi votre main, pensez à moi !

Luc pourtant ne partait pas.

— Lucie, ma chère Lucie, dit-il lentement, à la façon d'un enfant qui, répétant sa leçon, traîne la dernière syllabe d'un mot afin d'avoir le temps de se rappeler le mot suivant, je voudrais...

Il s'arrêta tout court. Lucie avait baissé la tête de façon à laisser une place nue entre l'échancrure de son corsage et le collier enroulé autour de son cou ; après un dernier moment d'hésitation, Luc y posa vivement ses lèvres.

— Maintenant, partez ! dit Lucie.

Il n'était plus temps.

Les deux jeunes gens, moins absorbés, eussent pu distinguer au dehors, les claquements réitérés d'un fouet et le trot d'un cheval.

La carriole qui ramenait du Havre les époux Fourchaud et leurs voisins, venait de s'arrêter à la porte.

VI

Nos deux amoureux, avant de prendre la fuite, comme dans un *sauve-qui-peut,* avaient pu cependant desservir la table et jeter pêle-mêle dans un buffet la nappe, les serviettes, les assiettes et les verres.

— Vous voyez ! j'avais raison de craindre, murmura Lucie effrayée, croyant entendre déjà bourdonner à ses oreilles les reproches de son père ; que va-t-on penser de moi, mon Dieu ?

— On ne pensera rien, car on ne saura rien, dit Luc. A défaut de la porte, il me reste la fenêtre.

Il s'approcha de la croisée qui avait vue sur l'enclos ; mais, par une coïncidence fatale, la servante que la jeune fille avait si ingénieusement éloignée, rentrait par la porte de l'enclos. Luc entendit le claquement de ses sabots sur le gravier. Il revint donc sur ses pas, effrayé à son tour de voir sa retraite coupée des deux côtés.

— Allez-vous-en, Lucie, montez vite dans votre chambre ! Laissez-moi soutenir seul la bourrasque ; j'aurais trop de chagrin si vos parents vous grondaient devant moi !...

La jeune fille n'avait pas attendu la fin de ces paroles. Sans même répondre à Luc, elle était montée précipitamment par l'escalier qui conduit au premier étage. Elle s'enferma dans sa chambre, bien déterminée à n'en pas sortir, quoi qu'il pût arriver.

Luc restait donc seul comme il l'avait désiré, pour tenir tête à la tempête ; mais bien que la disparition de Lucie l'eût soulagé d'un grand poids, il n'en cherchait pas moins d'un air effaré quelque issue.

A la fin, voyant l'impossibilité de fuir, il prit le parti de se cacher, et se jeta dans l'armoire du coucou.

Dans sa précipitation, il oublia que Gabelou était toujours étendu au beau milieu de la salle, toujours ronflant paisiblement, et que la présence du chien pouvait dénoncer la sienne.

Pendant ce temps, les couples Fourchaud et Courtine étaient devant leurs demeures, s'attardant en congratulations mutuelles sur les plaisirs de la journée. Tout s'était passé dans l'union la plus parfaite, dans l'expansion la plus cordiale : pas un nuage n'avait obscurci l'horizon ; si bien qu'à la descente de la carriole, il y eut un chassé-croisé d'embrassades vraiment fraternelles. Pascal Fourchaud appuya ses deux lèvres sur les joues de Mme Courtine, pendant qu'Auguste Courtine imprimait, de son côté, un baiser retentissant sur les joues de Mme Fourchaud. Puis, les deux chefs de chaque communauté se serrèrent la main :

— Bonsoir, Auguste !

— Bonsoir, Pascal !

Et l'ancien soldat qui ne manquait jamais de dogmatiser quand il en avait l'occasion, ajouta en forme de moralité :

— Convenez, voisin, que si l'union fait la force, elle fait aussi le plaisir.

Lorsque Pascal Fourchaud eut refermé sa porte, la première chose qui le frappa, chez lui, fut le corps de Gabelou, étendu à terre !

— Tiens ? il paraît que M. Gabelou a élu domicile ici ! dit-il, en poussant légèrement du pied le chien, qui ne bougea pas : Ohé ! Gabelou, ajouta-t-il en grossissant sa voix, il est temps de rentrer chez toi, le couvre-feu est sonné !... Allons, mon garçon, en route !

— Si Gabelou se réveille, je suis pris ! pensa Luc, qui étouffait dans sa boîte. Il ne s'en ira pas sans moi; je serais caché dans un trou de souris qu'il m'y déterrerait !

Agacé de nouveau par le pied de Pascal Fourchaud, Gabelou poussa un grognement sourd, agita ses oreilles, se dressa sur ses quatre pattes, puis, après s'être dandiné quelques instants comme un écolier réveillé par la cloche et qui hésite entre le sommeil et le devoir, il retomba sur le plancher, mit de nouveau sa tête entre ses pattes, et se rendormit.

— Il paraît qu'il tient à rester ! dit Fourchaud à sa femme. Qu'il soit donc fait selon ta volonté, Gabelou ! Tu es un brave animal, ajouta-t-il en passant sa main sur l'épaisse fourrure de l'obstiné dormeur ; puisque tu veux rester, je n'ai plus l'intention de te mettre dehors.

— Excellente bête ! murmurait intérieurement Luc, détirant avec précaution ses membres déjà broyés comme dans un étau entre les deux parois de sa cage. Il a compris qu'il pouvait me compromettre en s'éveillant... Dors, Gabelou, dors, mon bon chien !

Pendant que Luc exagérait ainsi le mérite de son camarade, Mme Fourchaud montait l'escalier conduisant à la chambre de Lucie ; elle s'arrêta et frappa doucement à une petite porte.

— Lucie, es-tu couchée ?

— Oui, répondit une voix, j'ai une migraine folle !

Sans demander d'autre explication, Mme Fourchaud redescendit, ouvrit la fenêtre qui avait vue sur l'enclos ; comme tout dormait, lapins et poules, après avoir jeté un coup d'œil en l'air vers le ciel constellé, elle tira les contrevents et referma la fenêtre. Ayant promptement fait son inspection du soir, en digne ménagère qu'elle était, elle alla se coucher à son tour.

— Je suis bloqué ! pensa Luc, entendant le bruit des contrevents qui se fermaient et des clavettes de fer qui en assuraient la fermeture. Me voilà ici jusqu'à demain matin !...

Or, cette perspective n'était pas rassurante : la boîte du coucou n'avait pas plus de quatre pieds de hauteur, sur trois de large et deux de profondeur ; le pauvre Luc était obligé de se pelotonner pour y pouvoir tenir. Cependant, il concevait encore le vague espoir de s'échapper quand Pascal Fourchaud et sa femme seraient endormis, ce qui ne pouvait tarder ; aussi laissa-t-il son œil à la hauteur de la serrure, pour examiner par là tous les mouvements des assiégeants. Mais son embarras redoubla lorsqu'il vit que Mme Fourchaud disparaissait seule derrière les rideaux de l'alcôve, et que l'ancien métayer s'asseyait tranquillement auprès du manteau de la cheminée, comme il l'eût fait en plein jour ; enfin, son étonnement égala son embarras lorsque Pascal Fourchaud tira de sa poche une pipe à tuyau court et se mit à la bourrer.

— Fumer à cette heure ! pensa Luc qui commençait à suffoquer faute d'air et d'espace, quelle singulière fantaisie !

Cette fantaisie était une habitude ; tous les soirs, Fourchaud fumait une pipe avant de se coucher. Bientôt, en effet, Luc put entendre le bruit régulier de l'appareil respiratoire qui, alternativement, pompait la fumée et la renvoyait en bouffées bleuâtres.

Les jambes allongées, la tête penchée en arrière, se dandinant sur sa chaise, Pascal Fourchaud savourait lentement les délices de son plaisir fa-

...une petite table était dressée.

vori, lorsque, dans l'intervalle d'une aspiration à l'autre son œil qui, jusque-là, avait suivi au plafond les nuages de fumée que sa pipe exhalait, tomba obliquement sur le cadran de l'horloge auquel Luc servait de piédestal — en même temps, son oreille se dressa, se tendit comme pour saisir un bruit qu'elle espérait... Etonné de ne pas entendre le tic-tac ordinaire du balancier, Pascal Fourchaud regarda plus attentivement encore le cadran, et finit par s'apercevoir que les deux aiguilles ne tournaient pas.

— La pendule est arrêtée, dit-il entre ses dents, ma pipe finie, je la remonterai.

Comprimés par le poids du corps de Luc, les cordes et les contrepoids, rouages essentiels de la machine, avaient cessé de fonctionner. Luc comprit immédiatement la cause du nouveau danger qui le menaçait, aussi eut-il l'intention, pour en finir, de sortir de sa cage, de se jeter aux genoux du père Fourchaud et de lui demander pardon en protestant de ses bonnes intentions. Mais le père Fourchaud voudrait-il le croire, se cache-t-on quand on n'est pas coupable ?

Luc avait une nature de soldat et non de diplomate ; une balle ne lui faisait pas peur, mais, en revanche, la crainte d'une situation équivoque le faisait trembler : il se représentait Lucie compromise, grondée, pleurante ; sa chère Lucie qu'il aimait maintenant de toutes ses forces, pour laquelle, comme un ancien paladin, il aurait voulu donner sa vie en ce monde et sa part de Paradis dans l'autre. Par quel expédient éviter la crise qui approchait ? D'aventure, une idée qui lui parut victorieuse en tous points lui traversa le cerveau. Malgré la gêne physique qu'il éprouvait, un rayonnement de joie passa tout à coup sur son visage. Sans perdre de temps, il roula sa langue en spirale, de manière à lui faire décrire un arc dont l'extrémité supérieure aboutissait au palais, et, la détachant avec force, il arriva à produire une espèce de son guttural qui imitait assez le bruit du balancier.

— Kneut ! Kneut ! fit-il à plusieurs reprises.

— Tiens, la pendule marchait donc ? dit le père Fourchaud qui fumait toujours.

— Kneut ! Kneut ! Kneut !... continua Luc, satisfait du succès de son expérience, lançant chaque son à intervalles égaux, de manière à figurer les secondes.

A partir de ce moment, il s'établit une sorte de dialogue régulier entre Pascal Fourchaud et Luc : à chaque aspiration de l'un, l'autre répondait par un claquement de langue solidement articulé, c'était une espèce de musique à deux temps, monotone et uniforme qu'on pouvait définir ainsi : « Nocturne à deux voix, pour pipe et coucou ».

Seulement, l'exercice de Luc était le plus fatigant ; au bout de dix minutes, il s'aperçut qu'il n'était pas si facile qu'on pouvait le croire de faire l'office de balancier. Les ressorts de sa langue commençaient à se fatiguer et son palais à s'enflammer : l'horloge était à sec, la salive n'arrivait plus assez abondamment pour en graisser les rouages. Cependant, Luc n'en persévérait pas moins dans son entreprise, le martyre même ne l'effrayait pas, il n'escamota pas une seule seconde :

— Kneut ! Kneut ! Kneut !...

Il plaquait intérieurement ces mots en guise d'accompagnement au thème principal :

— Pourvu-Kneut ! que cela-Kneut ! ne dure pas-Kneut ! trop longtemps-Kneut !

Au sifflement que produisait le souffle du père Fourchaud en passant à travers le tuyau de sa pipe, il était aisé de deviner que le tabac tirait à sa fin ; en effet, il secoua légèrement le résidu qui s'obstinait à brûler dans le culot, serra précieusement sa pipe dans la poche d'où elle était sortie, et disparut à son tour derrière les rideaux de l'alcôve.

— Dieu soit loué !... pensa le malheureux Luc, véritablement épuisé ; mon supplice va finir ! puisse le digne homme s'endormir bientôt. Ce n'est pas moi qui le réveillerai !

Il se hâtait trop de remercier Dieu, car presque aussitôt Pascal Fourchaud reparut, et les angoisses du jeune gars recommencèrent.

— Est-ce que le brave homme a décidément envie de *me remonter ?* pensa Luc, qui se considérait comme une horloge, depuis qu'il en faisait les fonctions.

Telle n'était pourtant pas l'intention du métayer, mais l'âcreté du caporal dont il venait de s'incorporer l'essence, l'avait prodigieusement altéré. Une fois certain que Mme Fourchaud, fatiguée des plaisirs de la journée, dormait paisiblement, il s'avança vers le buffet, en tira une bouteille de grès et un verre, déposa le tout auprès de la cheminée sur la table que Lucie et Luc avaient desservie si lestement ; cela fait, il se rassit, déboucha la bouteille, allongea de nouveau les jambes et s'ingurgita un grand verre de cidre, qui lançait jusqu'au plafond, à l'instar du champagne, ses globules pétillants.

Cette nouvelle installation était de mauvais augure pour Luc, qui se voyait contraint à recommencer de plus belle sa manœuvre linguistique. Sa langue devenait de plus en plus brûlante et sa salive épaisse ; la luette se tuméfiait, les amygdales, privées de leur rosée ordinaire, commençaient à s'engorger. Il songea bien à prendre un instant de repos, mais cette halte pouvait le perdre en attirant de nouveau l'attention du père Fourchaud sur le cadran ; il lui fallait donc continuer, continuer toujours, jusqu'à bout d'haleine, s'il ne voulait perdre le prix de tous ses efforts. La voix de la nécessité lui criait incessamment à l'oreille, non pas comme cette voix mystérieuse dont parle Bossuet « Marche ! marche ! », mais Kneut ! Kneut ! et Luc répétait : Kneut ! Kneut !... Ajoutez à cela que la vue du cidre qu'il pouvait considérer à travers le trou de la serrure, aggravait encore son supplice : ainsi que Tantale, il avait soif, et il voyait à deux pas de lui, non pas de l'eau, mais une bonne bouteille de cidre mousseux qu'un autre vidait joyeusement.

Au premier verre, le père Fourchaud en avait fait rapidement succéder un second, puis un troisième. Comme sa journée ne s'était pas passée sans libations, ce supplément de liquide, ajouté à une quantité déjà suffisante, ne tarda pas à produire son effet ; en cette occasion, on pouvait comparer l'ancien métayer au vase déjà plein, qu'une goutte suffit pour faire déborder. D'abord sa figure, de naturellement pâle qu'elle était, devint, par degrés, rose, rouge, pourpre ; ses yeux se rapetissaient ; puis, sa langue se promena instinctivement sur ses lèvres, comme pour recueillir les atomes égarés de la liqueur fermentée, sa tête enfin vacilla d'une épaule à l'autre et comme si cette espèce de danse eût appelé la musique, le digne homme se mit à fredonner entre ses dents le refrain d'une ronde normande qui obtenait grand succès dans les veillées.

— Bon ! soupira Luc, le voilà qui va chanter maintenant, et c'est moi qui vais être obligé de marquer la mesure !...

Cette nécessité que Luc prévoyait, il fut obligé de la subir ; il marqua la mesure dans toute la précision rigoureuse du mot.

Le père Fourchaud, la tête sur l'épaule droite, chantait :

— Margot filait tranquillement...

Luc dans sa boîte :

— Kneut !... Kneut !...

Le père Fourchaud, la tête sur l'épaule gauche :

— Ne songeant, ne rêvant...

Luc, étouffant :

— Kneut !... Kneut !...

Le père Fourchaud (con espressione) :

— Qu'à son petit troupeau.

Luc (con furore) :

— Kneut !... Kneut !...

Le père Fourchaud (fortissimo) :

— Qu'à son p'tit troupeau.

Luc, d'une voix éteinte et les os brisés :

— K'neut... K'neut... K'neut...

A la fin de ce premier couplet, Pascal Fourchaud s'interrompit pour avaler un verre de cidre, puis il reprit :

— Lucas au coin d'un bois était...

(Ici, Luc, épuisé, manque une mesure).

A bout d'haleine, il ne trouvait plus assez d'air pour ses poumons desséchés, lorsqu'un grognement sourd et prolongé couvrit à la fois le chant et l'accompagnement. Cet accord de basse d'un nouveau genre était le fait de Gabelou, qui venait de s'éveiller, et, à son tour, faisait sa partie dans le concert. Après avoir tenu pendant quelque temps la note ronflante, le dogue se dressa sur ses quatre pattes, et, sans bouger encore, promena autour de lui ses yeux fixes et inquiets, comme pour recouvrer le sentiment de la localité.

— Ici, Gabelou ! dit le père Fourchaud, en faisant signe au chien de venir à lui. Te voilà donc réveillé, mon garçon ? J'espère que tu as fait un bon somme ; va-t-en, on serait inquiet chez toi...

Gabelou restait immobile. Mais tout à coup, baissant la tête et aspirant l'air de toute la largeur de ses narines, il se mit à trotter vivement autour de la salle, à peu près comme un chien de chasse qui cherche à reconnaître une piste. Quand il arriva devant le coucou dans la boîte duquel Luc se trouvait claquemuré, il s'arrêta court, la queue serrée entre les jambes, les narines gonflées, un aboiement plaintif s'échappa de son gosier.

— Ici, Gabelou ! répéta Fourchaud, qui ne comprenait rien à cette singulière manœuvre.

Gabelou, moins que jamais disposé à accueillir l'invitation du métayer, se mit alors à gratter d'une seule patte, tout le long du coucou, en continuant à murmurer. Peu à peu, son murmure se transforma en hurlement de détresse ; au lieu d'une patte, il en appliqua deux sur la boiserie de l'horloge, et se remit à gratter avec tant de fureur, avec des mouvements si convulsifs, que le père Fourchaud, tout plongé qu'il était dans son brouillard bachique, ne put s'empêcher de trouver extraordinaire une pareille frénésie. Comme la fureur de Gabelou redoublait, il en conclut que le dogue avait sans doute flairé quelque objet de contrebande, un intrus, un voleur, peut-être ! Cette dernière pensée, au lieu de l'effrayer, exalta son courage, il tira vivement à lui la porte de l'armoire et, malgré les efforts que faisait Luc en dedans pour la retenir, la porte céda.

Ce fut étrange et risible à la fois.

Lorsque Luc sortit de sa cage, il était dans un tel état de fatigue, ses traits étaient si altérés, de grosses gouttes de sueur inondaient si misérablement son visage, que le père Fourchaud ne sut d'abord s'il devait montrer du courroux ou de la compassion. Songeant tout à coup que Lucie pouvait être complice dans le scandale dont il était témoin, ses yeux brillèrent de colère.

Mme Fourchaud, éveillée en sursaut par le bruit qui se faisait autour d'elle, dit à travers les rideaux de l'alcôve :

— Qu'y a-t-il donc Pascal ? Pourquoi n'es-tu pas encore couché ?

Dans une telle situation, l'intervention de Mme Fourchaud était une complication nouvelle ; l'ancien métayer le comprit ; saisissant Luc par le bras, il lui dit à voix basse :

— Silence, mon gars ! Tout à l'heure nous nous expliquerons ; mais ne réveillons pas la bourgeoise ; pour le moment, empêche ton chien de te sauter au cou, comme s'il voulait t'embrasser.

Puis s'adressant à sa femme :

— Dors, Louise, dit-il, il n'y a rien, si ce n'est que je suis en train de débourrer une maudite pipe qui ne veut pas marcher ; dors, ma bonne ! dors !

Mme Fourchaud ne s'était sans doute réveillée qu'à demi, ou bien la fatigue de la journée l'emporta sur l'inquiétude ; car, lorsque son mari, marchant sur la pointe du pied, écarta doucement les rideaux de l'alcôve, elle était déjà replongée dans son sommeil.

En revenant sur ses pas, Pascal Fourchaud fixa ses petits yeux clignotant sur Luc, d'un air plein de malice, et, comme un seul mot pouvait servir à exprimer ses inquiétudes paternelles, il se contenta de prononcer ce mot-là :

— Et Lucie ?

— Elle est innocente ! dit vivement Luc, aussi vrai que Gabelou déteste les garde-côtes. Elle est innocente, papa Fourchaud, je vous le jure !...

Malgré cette déclaration positive, l'ancien métayer hésitait encore ; à plusieurs reprises, il hocha la tête, et les bras croisés sur sa poitrine, fit entendre une espèce de murmure dubitatif qui lui était d'ailleurs habituel : « Hum !... Hum ! » A la suite de cet exorde, il s'adressa de nouveau à Luc qui, pour obtenir que Gabelou se tînt en repos, avait été obligé de le faire coucher et de lui poser un pied sur la tête.

— Et comment te trouvais-tu bloqué ici, quand nous y sommes entrés ? comment ton chien s'y trouvait-il avec toi ? Pourquoi t'étais-tu caché dans cette horloge comme un voleur ?

— Je vais tout vous dire. Silence, Gabelou !...

Luc raconta au bonhomme tout ce qui s'était passé, sans rien omettre, sans rien déguiser : la rencontre auprès du puits commun, l'invitation à dîner, faite avec tant de grâce, acceptée avec tant de bonheur, le dîner enfin et le sauve-qui-peut de cette panique.

L'effet à ce moment était délicieux et charmant ; ce grand garçon au buste athlétique, imprimant la semelle de son soulier ferré sur la fourrure de son dogue soumis, ressemblait à l'Hercule dompteur de monstres, puis sa figure était si humble, sa voix se faisait si douce, si petite, qu'on l'eût pris pour quelque catéchumène confessant, la rougeur au front, l'effroi dans l'âme, ses peccadilles de jeunesse.

Ce contraste fut si frappant, même pour Pascal Fourchaud, les paroles que Luc venait de prononcer avaient un tel caractère de sincérité, que l'ancien métayer, malgré son parti-pris d'examen sérieux et de rancune tenace, se trouva à moitié désarmé ; le confesseur n'avait pas la force de refuser l'absolution à son pénitent et malgré les efforts qu'il fit pour maintenir sa gravité à la hauteur de la situation, une velléité de rire détendit les muscles de son visage, entr'ouvrit ses lèvres pincées.

— Eh ! eh ! dit-il avec son accent normand, c'est donc toi, mon garçon qui faisais tout à l'heure l'office de balancier : Kneut !... Kneut !... Tu dois avoir la langue un peu sèche : viens ici, avale vite un verre de cidre et sauve-toi !

Luc ne se fit pas répéter deux fois cette invitation ; prenant des mains de son terrible juge un verre que celui-ci tendait d'un air goguenard, il le vida tout d'une haleine.

— Diable !... dit le père Fourchaud en riant décidément, il n'y a pas de danger que les mouches se noient dans les verres que tu vides... Maintenant rentre chez toi, bonsoir !

En parlant ainsi, il avait pris l'oreille de Luc, et, la pinçant légèrement entre le pouce et l'index, il conduisit le jeune gars jusqu'à la porte, comme il l'aurait fait d'un maraudeur qu'il aurait surpris volant ses pommes.

Quand il eut tiré le verrou aussi discrètement que possible, il ajouta d'un ton sérieux et grondeur :

— Ce n'est pas bien, mon garçon, de venir trouver une jeune fille en l'absence de ses parents. Lorsqu'on a une langue on s'en sert ; que ne parlais-tu ?

— Ainsi, père Fourchaud, vous m'autorisez...

— A rien, à rien, dit le vieux bonhomme. Qui peut savoir comment le bon Dieu met ses culottes ?

Chaque fois que papa Fourchaud avait débité son proverbe favori, il était inutile de l'interroger davantage.

— Avant de vous quitter, monsieur Fourchaud, reprit Luc, promettez-moi de ne pas gronder Lucie.

— Allons, bonsoir ! conclut Pascal Fourchaud brusquement, lâchant enfin l'oreille de Luc.

Puis, quand la porte se fut refermée, et que le brave homme se trouva seul, la cervelle un peu débarrassée des brouillards que le cidre y avait amoncelés, il murmura en manière de conclusion et pour l'acquit de sa conscience :

— Il faudra tout de même voir !... Il faudra tout de même voir !

VII

Le lendemain même, Pascal Fourchaud consulta sa femme. La réponse de celle-ci fut qu'elle verrait avec plaisir un mariage qui resserrerait encore les liens déjà si étroits d'un excellent voisinage. Certainement, M. et Mme Courtine étaient de dignes et bons voisins. Luc avait toutes les qualités requises pour devenir un parfait mari. Restait une seule objection : bien qu'Auguste Courtine n'eût jamais avoué son ancien métier de contrebandier, le fait n'en avait pas moins acquis l'autorité de la chose jugée ; il paraissait également avéré que Luc continuait le métier de son père. Or, Mme Fourchaud ne voulait pas, pour sa fille, d'un mari qui, d'un moment à l'autre, pouvait avoir des démêlés avec le Procureur de la République et que les balles des douaniers n'avaient pas promis de toujours respecter. Elle ne se souciait pas d'avoir de si tôt une veuve dans sa famille.

— Tu ne te souviens donc plus, disait-elle à Pascal, des choses que Ducreux nous a contées, ni ce qu'il est venu te demander l'autre soir, il n'y a déjà pas si longtemps, puisque c'était avant-hier ?

— Si, si... faisait son homme, désagréablement impressionné par l'allusion.

— Eh bien, tu n'as pas voulu t'y prêter, parce que tu n'as pas à vendre les autres... C'est une chose qui ne nous regarde pas... Tu es maire, tu fais ton service, tu ne te mêles des affaires de personne. Si Ducreux veut de l'avancement dans les Douanes, ça n'est pas à toi qu'il faut qu'il demande un coup de main pour arriver à prendre ton voisin et à le faire condamner...

— Dame, non !

— Il n'y a pas non plus à en vouloir au gars des Courtine de faire la fraude, c'est un travail comme un autre, où il faut bien des qualités, c'est un négoce qui est bon...

— Pour ça, oui !

— L'important, c'est qu'il tâche d'en trouver un qui ait moins de risques pour sa vie s'il veut notre fille. Pour le reste, on se mettra d'accord.

— C'est probable.

— Par conséquent, tu t'adresses aux parents, qui comprennent déjà la chose et tu leur dis : « Que Lucien change de métier, et on le veut bien pour gendre. Ducreux pourra être chargé de famille tant qu'il voudra, il ira chercher ses galons de sous-brigadier ailleurs qu'aux Deux-Maisons, pas vrai, mon homme ?

— Tu as bien parlé, Madame Fourchaud, je n'aurais pas mieux dit !

Il fut convenu entre les deux époux que le point litigieux serait l'objet d'une note diplomatique, qu'on s'assurerait au juste des intentions d'Auguste Courtine sur l'avenir de son fils.

A la suite de cette résolution, Pascal Fourchaud se constitua immédiatement ambassadeur, et, contrairement aux usages normands et à son habitude, il aborda franchement la question.

Après le déjeuner, les deux voisins avaient coutume de se réunir sous l'une des tonnelles qui ornaient la devanture de leurs portes, pour boire un pot de cidre, fumer, gloser et faire un cent de piquet quand la conversation était épuisée. Ce fut sous la tonnelle de Fourchaud qu'eut lieu le congrès matrimonial.

Il était une heure, un beau soleil insinuait ses rayons dorés à travers le feuillage entrelacé du chèvrefeuille et de la glycine.

Ce soleil rappelait sans doute à Auguste Courtine son soleil d'Afrique, car les vieux souvenirs de l'ancien zouave lui remontaient plus encore que de coutume à la gorge. Il venait de raconter à son bénévole auditeur la prise de Constantine, puis la célèbre charge de Malakoff, aux cris mille fois répétés de « Vive l'Empereur ! ». Et, semblable à un canon qui frémit après avoir lancé sa volée, Courtine répétait pour son compte, comme s'il eût été réellement en présence de l'ennemi : « Vive l'Empereur ! »

— Ecoutez, Auguste, dit l'ex-métayer, Vive l'Empereur ! sans doute, mais ne criez pas si fort. Moi je préfère crier : vive vous, vive moi, vivent nos femmes, vivent nos enfants !

— Vive l'Empereur avant tout ! dit Auguste Courtine, en chassant avec force la fumée de sa pipe. Ecoutez ce qu'il m'est arrivé un jour, c'était en 1853...

Pascal Fourchaud tressaillit doucement sur l'escabeau de bois qui lui servait de siège, il sentait venir une longue histoire, et savait qu'une fois lancé, Auguste Courtine n'était pas plus facile à arrêter qu'un escadron de cavalerie ; aussi, il appliqua résolument ses deux coudes sur la table en bois qui le séparait de son voisin, et regardant celui-ci en face :

— Voisin, lui dit-il, bien décidé à ne pas lui laisser finir l'histoire ébauchée, permettez-moi d'oublier pour un instant vos campagnes, j'ai à vous parler sérieusement et de choses importantes. Vous avez un fils, j'ai une fille, l'idée m'est venue que votre Luc et ma Lucie pourraient bien faire un joli petit ménage ; les enfants ont déjà fait leurs accordailles, seriez-vous de notre avis ?

— Vive l'Empereur ! dit Auguste Courtine, que ce début surprenait le plus agréablement du monde. Chaque fois que je vois Lucie, je me dis : « Voilà la femme que je voudrais pour Luc ! » Mais je me dis aussi : « Pascal est plus riche que moi, et quoique nous soyons ensemble comme frères, cela n'empêche pas de compter ». Vous êtes le meilleur des voisins, vous venez à moi quand je n'aurais jamais osé aller à vous, merci voisin ! Voilà ma main, donnez-moi la vôtre et l'affaire est conclue, mon fils épousera votre fille.

Cette manière de procéder ne convenait pas entièrement à Pascal Fourchaud, qui tenait à faire ses réserves, aussi répondit-il :

— Vous allez bien vite, voisin ! Sans doute, il importe peu que j'aie quelques sacs d'écus de plus que vous, la fortune ne donne pas le bonheur ; mais il y a autre chose...

— Quoi donc ? demanda Courtine, en retirant brusquement sa main. Tenez, voisin, nous ne sommes pas ici à la halle aux blés, vous n'avez pas besoin de surfaire votre marchandise ; j'aime qu'on soit rond en affaires, expliquez-vous carrément, et je suis votre serviteur, sinon, rien de fait.

— Mais si vous voulez que je vous parle, laissez-moi parler ! reprit Pascal Fourchaud, assez brusquement à son tour.

Puis, il continua en adoucissant sa voix :

— Ecoutez, voisin, je suis franc et je vous dirai tout ce que j'ai sur le cœur. Le métier que vous avez fait...

Pascal Fourchaud fut encore interrompu par l'ancien soldat, qui, cette fois, baissa la tête d'un air moitié confus, moitié mécontent...

— Ah ! oui, le métier que j'ai fait !... Fraudeur, voulez-vous dire ?... Un ancien métayer comme vous, ne voudrait pas donner sa fille au fils d'un homme comme moi ! Alors, ce n'était pas la peine de me mettre l'eau à la bouche, pour en venir à me cracher de ces choses-là au visage. Gardez votre fille, voisin, et n'en reparlons jamais, cela nous brouillerait, voilà mon avis.

En parlant ainsi, l'ancien troupier fit à son interlocuteur un salut militaire et se leva.

— Mais restez donc ! dit Pascal Fourchaud, maugréant de voir ses intentions si mal comprises. Il n'y en a que pour vous à parler.

— Je sais bien que mon métier, reprit Auguste Courtine, qui, comme tous les hommes, voulait bien faire sa confession pourvu qu'on ne la lui demandât pas, ne convient pas tout à fait à un ancien soldat qui a com-

— *Avez-vous l'intention de vous dédire ?*

battu avec honneur sous le drapeau français... Mais, que voulez-vous ? Il est bien permis de vivre comme on peut !

— Je ne blâme pas votre métier, interrompit Fourchaud, mais enfin, c'est un métier dangereux que vous avez fait, et votre fils le continue, n'est-il pas vrai ?... Eh bien ! ma femme ne voudrait pas pour sa fille d'un mari qui, d'un instant à l'autre, peut descendre la garde, comprenez-vous ?

— Compris ! fit le soldat, qui, la tête ramassée entre ses deux épaules, se mit à réfléchir profondément pendant que l'autre continuait :

— Je peux donner aujourd'hui même dix mille francs à ma fille, peut-être pouvez-vous en donner la moitié à votre fils ? Avec tout près de quinze mille francs, on peut entrer en ménage et faire un commerce qui ne vous expose pas trop. Cela vous va-t-il ? Ne vaut-il pas mieux que Luc gagne paisiblement sa vie, que de s'exposer tous les soirs à attraper une fluxion de poitrine ou pis encore !... Voyons, pouvez-vous donner cinq mille francs à votre fils ?

Dans cette dernière question, le caractère de l'ancien métayer reparaissait malgré lui ; il pouvait bien faire des concessions à ses habitudes de calcul, mais non un sacrifice complet. Il s'était dit souvent que jamais il ne donnerait sa fille à un homme qui n'aurait rien, et quoiqu'il aimât Luc, qu'il le désirât vivement pour gendre, il ne voulait pas le prendre les yeux fermés, sans interroger quelque peu le fond de sa bourse.

Auguste Courtine réfléchissait toujours. A la fin, cependant, comme un homme qui vient de résoudre dans sa tête un problème d'arithmétique, il répondit à son voisin :

— Maintenant, non, je ne pourrais pas donner cinq mille francs à Luc ; mais je les lui donnerai dans six mois, et alors nous pourrons marier nos enfants. Est-ce une affaire arrangée ?

— Parfaitement, dit Pascal Fourchaud, dans six mois.

Sur ce, on but un coup de cidre en signe de satisfaction du traité ; on se serra la main, et tout fut dit.

Ce traité, pourtant, n'était pas aussi définitif qu'il le paraissait. Outre que le temps est un maître impérieux dont l'intervention est souvent à craindre, les moyens sur lesquels Auguste Courtine comptait pour assurer à son fils une dot de cinq mille francs dans un délai de six mois, constituaient par avance une infraction à la principale clause du contrat. Luc devait continuer pendant six mois encore son métier de fraudeur ; et si Lucie n'encourait pas la chance d'être veuve, elle encourait celle de rester fille, ou du moins de ne jamais épouser son fiancé.

Auguste Courtine s'était entendu récemment avec des négociants étrangers, au compte desquels il fraudait les droits d'importation et d'entrée. Une lettre reçue la veille, l'avertissait que dans un mois ou deux, un lougre parti de Kragersé chargé de pelleteries, viendrait croiser en vue de la falaise à trois milles du Havre. Comme la cargaison de ce lougre était de beaucoup plus importante que celles qui, jusque-là, avaient été confiées aux soins du maître Courtine, on lui avait assuré une prime de trois mille francs, si le débarquement des colis s'effectuait sans encombre. Dans l'imagination du contrebandier, cette prime s'appliquait à la dot de Luc et la parachevait, si toutefois la mer et les douaniers le voulaient bien permettre, ce dont Courtine se gardait bien de douter.

Aussi, les deux voisins rentrèrent le cœur joyeux à la maison. Fourchaud parce qu'il ignorait le danger, Courtine parce qu'il n'y croyait pas.

Chacun s'empressa de raconter à sa femme, le récit de l'entretien ; des deux côtés, l'allégresse fut à son comble, et il fut convenu qu'à l'égard de Luc et de Lucie, on se tiendrait dans la plus grande réserve. Il n'était pas prudent de donner à ces jeunes gens qui s'aimaient déjà, la certitude que, dans six mois, un bon mariage consacrerait leur amour.

Ainsi tenus en laisse, nos amoureux ressemblaient à deux enfants à qui on montre de loin de belles tartines beurrées qu'on ne leur donne pas.

VIII

Le samedi, veille de la Pentecôte, tout le personnel des deux habitations était rassemblé devant la porte de Pascal Fourchaud... Sous la tonnelle, les deux hommes fumant de concert ; sur le banc de bois peint, les deux mères causant à voix basse ; à quelque distance d'elles, aussi sur le banc, Lucie, les bras croisés sur sa poitrine, toute gonflée d'espérance ; à quelques pas plus loin, sur la frontière des deux maisons, Luc debout, jetant de temps en temps un coup d'œil sur sa fiancée ; auprès de lui, Gabelou, immobile comme une sentinelle en faction ; enfin, en face, de l'autre côté de la route qu'elles avaient traversée, les deux servantes assises sur une énorme pierre, prenaient aussi leur part de cette douceur du soir, de ce farniente fraternel.

Tous ces personnages étaient heureux, d'une façon plus expressive encore que de coutume. Le lendemain, jour de la Pencôte, M. et Mme Courtine, leur fils (et Gabelou), devaient dîner chez l'ancien métayer.

Pour Luc et pour Lucie, qui n'avaient eu à subir aucune conséquence de leur escapade, ce dîner représentait bien d'autres merveilles : nos jeunes gens ne s'imaginaient-ils pas que ce repas annoncé à l'avance, et qui, depuis plusieurs jours, occupait les pensées, était une espèce de repas de fiançailles, un acheminement préparatoire au repas de noces !

Il était huit heures du soir ; le ciel déroulait ses horizons bleus et doux comme les pensées de ces braves gens, la brise marine apportait ses parfums mêlés, en passant, à ceux des champs de blé et de seigle en fleurs ; la petite cloche de l'église du village, lancée à toute volée, joignait à ces harmonies, l'harmonie joyeuse de son orchestre aérien.

Fête demain ! fête demain ! semblait-elle dire chaque fois que le battant sonore ricochait entre ses parois de bronze. Réjouissez-vous, anges du ciel ! Déroulez, sous les pieds de votre divin Maître les plus belles tentures de votre firmament ! Demain, il y aura deux cœurs de plus unis sur la terre ! demain deux âmes se marieront pour vous bénir ensemble !...

Quand Pascal Fourchaud eut bien et dûment savouré, jusqu'à la dernière bouffée, tout le tabac contenu dans sa pipe, l'air était encore doux et parfumé, mais la brise avait plus de fraîcheur, les sons de la cloche se détachaient plus nets, plus vibrants au milieu du silence, le soleil avait disparu tout entier, emportant avec lui jusqu'à son dernier rayon, jusqu'à la dernière étincelle de sa couronne ! la soirée avançait :

— Voici la nuit, dit Fourchaud, en serrant sa pipe dans son étui, il est temps d'aller se coucher ; à demain, voisin !

— A demain, répondit Courtine, en se levant à son tour.

— A demain ! dit Mme Courtine.

— A demain ! répliqua Mme Fourchaud.

Pendant que les deux voisines se levaient et laissaient d'un pas en arrière Lucie toujours assise, Luc s'approcha d'elle, sur la pointe du pied, et murmura :

— A demain !

— A demain ! murmura en réponse la jeune fille, du même ton doucement et mystérieusement ému.

Et l'on entendit, de l'autre côté de la route, les deux servantes, qui, en se séparant, répétaient :

— A demain ! à demain !

Ce mot unique, redit par huit voix différentes et avec des modulations diverses, fut comme la traduction en langage humain du refrain que la cloche du village continuait à répéter dans les airs :

— Drelin ! Drelin ! chantent les cloches.

— Demain ! demain ! disent les hommes.

XII

Le lendemain, après la messe, tout était en l'air dans la maison Fourchaud.

Mme Courtine avait prêté sa Beauceronne à la voisine, et Beauceronne et Normande s'occupaient avec un ensemble joyeux des préparatifs du repas.

Vers quatre heures, la famille Courtine arriva ; la table était déjà préparée, le couvert mis, les assiettes et les verres brillaient, les couteaux étaient fraîchement aiguisés, les cuillers et les fourchettes sortaient de l'étamage ; il y avait des bouteilles aux deux bouts de la table ; des bouteilles et non des cruchons, pas de cidre, même au commencement du dîner, on devait boire du vin ; du vin ! Volupté double pour les Normands !

Lorsque les quatre membres de la famille Courtine (y compris Gabelou) contemplèrent ce spectacle réconfortant d'une table admirablement dressée, chacun d'eux exprima à sa manière son admiration et sa béatitude.

Courtine, en dépit de son parti-pris de gravité, ne put réprimer un franc sourire. Mme Courtine embrassa cordialement son excellente et bien-aimée voisine, accolade congratulatrice qui tenait lieu des compliments diplomatiques en usage dans le beau monde. Luc remarqua avec bonne humeur les assiettes peintes, et surtout les deux grands verres ciselés dans lesquels Lucie et lui avaient bu, le jour de leur fameuse escapade.

Gabelou qui se souvenait, sans doute, du repas de ministre qu'il avait fait précédemment, remua la queue et secoua allègrement les oreilles.

Et ce fut une fête charmante, d'une rare intimité, que celle qui réunissait ces braves gens.

On parla de la pluie et du beau temps, des prochaines élections municipales ; Courtine narra ses campagnes, mais chacun, à part soi, songeait qu'avant peu, sans doute, les liens d'étroite amitié unissant déjà les deux familles, se resserreraient encore par un événement qui allait confondre les deux ménages en un seul.

Pendant ce temps, les services se succédaient : une magnifique tête de veau farcie était remplacée, lorsqu'on emporta les glorieux débris, par un plat d'énormes soles en court-bouillon, entourées d'un appétissant cordon de moules. Mais, personne n'abordait le sujet qui occupait l'esprit de tous. Les mots étaient sur les lèvres, et il semblait que chaque bouchée avalée par les convives les renfonçait dans le gosier de chacun.

Puis vint un dindon bien digne des acclamations dont on le salua, — élève de Mme Fourchaud, laquelle rayonnait de fierté en faisant constater tous les mérites de celui à qui elle avait largement et patiemment consacré ses soins. Elle et Catherine, là-dessus, devaient en savoir long, car elles échangeaient des regards expressifs, se louant toutes deux de la réussite exceptionnellement flatteuse de ce sujet d'élite.

Le dindon n'eut pas le secret d'arracher aux Courtine ou aux Fourchaud les paroles précises, sinon décisives, que les soles et la tête de veau n'avaient pu leur faire prononcer. On n'en mangea que davantage, du moins du côté des parents : ceux-ci, en effet, se trouvaient de plus en plus aises d'abriter leur discrétion excessive derrière les exigences d'un appétit qui semblait sans limites, car il ne se ralentit ni devant le pâté, ni devant les crèmes et les laitages, ni devant les gâteaux et les galettes. Entre temps, on se multipliait les politesses et les marques d'amitié, comme pour mieux se dispenser de satisfaire enfin l'impatience cachée des enfants..

Le père Fourchaud, qui s'était levé de table pour prendre dans le buffet une bouteille d'eau-de-vie de marc, pinça au passage l'oreille de Luc :

— Eh bien ! mon gars, dit-il, tu n'es guère bavard aujourd'hui. Est-ce que par hasard tu aurais encore remonté la pendule ?

A cette plaisanterie faite à mi-voix, Luc se sentit rougir, tandis que Lucie, pour dissimuler sa confusion, caressait Gabelou qui avait eu l'audace de poser sa grosse tête sur les genoux de la jeune fille.

— Vive l'Empereur ! cria Courtine.

Les toasts se succédèrent.

Mais dans la joyeuse animation des plaisanteries échangées, le moment tant attendu ne vint pas ! — Il ne fut fait çà et là que de timides allusions aux projets caressés tout bas, chacun craignant de trop s'avancer sur un terrain où l'on ne devait marcher que prudemment. Courtine se taisait par incertitude, et Fourchaud n'aurait pas dit un mot sans avoir consulté sa femme.

IX

Tous les dimanches, lorsqu'elle avait fini de desservir la table, il fallait voir comme la domestique des Fourchaud, la grande Catherine, se hâtait de remplacer son tablier de cuisine par un tablier de cretonne blanche, et s'en allait tout d'une course vers le bal du village.

Ce bal par lui-même était assez peu réjouissant. Il se tenait dans une grange. Un mauvais violon qui raclait continuellement quelques contre-danses, composait à lui seul tout l'orchestre, quatre quinquets fumeux éclairaient tant bien que mal le musicien, assis sur un tonneau, et les danseurs Certes, un pareil cadre ne paraissait guère propre à monter l'imagination des filles à marier ; pourtant, celle de la grande Catherine s'en contentait. Quand elle dansait, le dimanche, au son de ce violon criard, à la lueur de ces quatre quinquets, son cœur battait aussi fort, sa tête s'échauffait autant que le cœur et la tête d'une étudiante parisienne au bal de Bullier, un jour de carnaval. La passion illumine tout, même les parois enfumées d'une grange, et l'idée d'un mari éblouissait tellement la grande Catherine qu'elle eût dansé volontiers dans une cave ou au milieu d'un brouillard, pourvu qu'on lui eût dit : « Il y a un mari pour toi dans ce brouillard-là, cherche ».

Mais elle n'était pas seule à quêter un mari ; dans un petit village, les maris ne foisonnent pas, et la Beauceronne de Mme Courtine, la Françoise, faisait de son côté la chasse aux garçons. Comme Catherine, elle avait trente ans ; de plus, elle pouvait compter sur ses dix doigts les mariages qu'elle avait manqués. Le dimanche, Françoise n'était pas moins alerte que sa rivale à quitter le tablier de toile et à ceindre ses hanches du tablier de cretonne blanche ; pour elle aussi, la grange enfumée s'illuminait au reflet de ses espérances matrimoniales ; le violon ne jouait jamais faux, pourvu qu'elle fût engagée. Il y avait entre ces deux servantes trentenaires un point de contact inquiétant, une rivalité secrète, qui, d'un jour à l'autre, devait éclater : de la haine en germe.

Jusque-là, la paix particulière s'était maintenue à la faveur de la paix générale ; les domestiques sympathisaient à l'imitation des maîtres. Une grave circonstance bouleversa ces rapports ; tout d'un coup, la guerre fut allumée.

Il y avait dans le pays un grand gars assez paresseux d'ailleurs, et fameux coureur de veillées, Vincent Goizet, de Sainte-Marie-du-Bosc, qui s'était constitué depuis quelque temps le cavalier servant de la grande Catherine ; il dansait avec elle depuis le commencement de la soirée jusqu'à la fin, et dans l'intervalle d'une contredanse à l'autre, il la menait quelquefois se rafraîchir. Voyez un peu la honte, et à quoi le désir de se marier peut mener une fille de trente ans ! La plupart du temps, le danseur n'avait pas d'argent, c'était la danseuse qui payait les rafraîchissements sur ses gages. Eh bien ! malgré tout la grande Catherine tenait à s'attacher ce mauvais garçon qui n'avait ni sou ni mailles, mais dans lequel elle entrevoyait un mari possible.

Françoise, qui ne possédait pas de danseurs attitrés, maugréait bel et bien contre cet arrangement : lui faudrait-il s'avouer vaincue, et convenir que Catherine trouverait un mari la première ? Quelle humiliation ! Sa jalousie d'abord contenue, finit par se répandre en propos aigre-doux.

— Il n'était pas difficile, disait-elle, d'avoir des danseurs, quand on se chargeait de la dépense et qu'on entretenait leur gosier.

Ce propos vint aux oreilles de Catherine ; la colère lui monta à la tête; elle répondit que Françoise ne parviendrait jamais à retenir un danseur, même pour son argent.

La réponse était dure. Françoise y fut sensible et se promit bien de s'en venger. Semblables en ceci aux héros d'Homère, nos deux jalouses s'injuriaient avant d'en venir aux mains.

Sur ces entrefaites, soit caprice, soit que les manœuvres de Françoise eussent déjà produit leur effet, Vincent Goizet, objet et prétexte de la querelle, cessa brusquement de faire danser la grande Catherine, et, après un court intervalle de repos, il adressa ses hommages à la Beauceronne. Pour le coup, l'état d'hostilité devenait flagrant... Une pareille péripétie n'avait pu être amenée par des moyens honorables ! Françoise s'était certainement plus avancée qu'il ne convient à une honnête fille.

Ainsi pensa la grande Catherine, et elle dit un jour ce qu'elle pensait, en voyant une cravate de soie bleue toute neuve au cou de son ex-danseur.

— M'est avis, s'écria-t-elle, que mieux vaut payer à boire à un danseur que de lui donner des cravates !

Cette remarque avait été faite au beau milieu du bal, en présence de de tous les garçons et de toutes les filles du village ; le mot fit flèche et s'en alla frapper Françoise au cœur. A dater de ce moment, le feu prit aux étoupes et la haine flamba.

Catherine cachait son âge, il n'y avait pas de danger qu'elle fît voir son extrait de naissance ! Déjà elle avait des cheveux gris et de fausses dents. — Françoise faisait bonne mesure à sa rivale, en supposant qu'une servante qui gagnait trois cents francs par an pût employer ses économies à monter son ménage.

De ces escarmouches, la Beauceronne et la Normande en vinrent à se quereller toutes les fois qu'elles se rencontraient, non seulement au bal, mais dans l'enclos, quand elles allaient donner à manger à leurs poules et soigner leurs lapins, au puits mitoyen quand elles allaient y puiser de l'eau, bref, dans toutes les occasions où le voisinage de leurs maîtres et les exigences de leurs occupations pouvaient les mettre en contact.

Tout rapprochement devenait impossible entre ces deux filles à marier, séparées qu'elles étaient de l'épaisseur d'un mari.

Un matin, Mme Fourchaud ayant ordonné à Catherine de laver deux ou trois robes, des bonnets et quelques chiffons de toilette, celle-ci trouva au bas du puits mitoyen un baquet rempli d'eau de savon. Sans y réfléchir, ou peut-être en y réfléchissant, elle plongea dans ce baquet tout son linge ; mais à peine commençait-elle à le frotter, que Françoise vint à elle, rouge de colère, et renversa d'un revers de main, baquet, eau de savon, robes et chiffons, en criant d'une voix furieuse :

— Ah ! je t'y prends donc, fainéante, à laver ton linge dans l'eau de savon des autres ! C'est pour toi, n'est-ce pas, que je me suis éreintée, ce matin, à tirer de l'eau ?

— Il m'est bien permis de prendre l'eau de savon à une fille qui m'a pris mon danseur ! dit la grande Catherine, sèchement.

— Pris ton danseur !... Moi ? répliqua Françoise. C'est bien lui qui t'a quittée ; il ne veut pas d'une fille qui court après tous les galants... Une paresseuse, une gourmande comme toi, en voilà une bonne femme de ménage ! Que ferait-il de toi, mon Dieu ?

La grande Catherine n'était pas ce jour-là en veine d'éloquence, car sous le coup de cette foudroyante apostrophe, elle se contenta de baisser la tête, et se mit à ramasser les robes de sa maîtresse, qui traînaient dans la poussière.

— Nous verrons bien ce que madame Fourchaud va dire ! murmura-t-elle, semblable à un corps d'armée en déroute qui se replie sur sa réserve.

— Je me moque pas mal de ta maîtresse ! dit Françoise glorieuse de son triomphe et se laissant emporter par son ardeur. Crois-tu que ta madame Fourchaud me fera trembler, parce qu'elle porte les culottes de son mari.

Attirée par le bruit, Mme Fourchaud arrivait en ce moment sur le théâtre des hostilités ; elle entendit la dernière réplique de Françoise et en fut vivement blessée. Les femmes qui tiennent le plus à régner despotiquement dans leur ménage sont celles qui aiment le moins que l'on constate leur autorité. Aussi intervint-elle sur-le-champ dans la querelle, et demanda-t-elle impérieusement à Françoise depuis quand les domestiques avaient le droit de juger les maîtres.

— Et depuis quand est-il permis à Mademoiselle, dit Françoise en montrant Catherine, de savonner son linge dans mon eau de savon ?

Evidemment, la grande Catherine était dans son tort, aussi prit-elle un biais pour se défendre.

— Regardez, regardez donc comme Mademoiselle accommode vos pauvres robes ! dit-elle à Mme Fourchaud, en ramassant le linge souillé de poussière et de boue.

Par le fait de cette habile diversion, la question fut décidément tranchée. Mme Fourchaud fit signe à Catherine de s'éloigner, et quand elle fut seule en face de Françoise, elle dit à la Beauceronne, en affectant le ton glacial de l'autorité :

— Vous pouvez chercher une autre condition, car je n'imagine pas que Mme Courtine, mon amie, veuille garder plus longtemps à son service une fille qui m'a manqué de respect...

— Il en sera ce qu'il plaira au bon Dieu, dit Françoise, qui conserva jusqu'à la fin sa fierté, mais tant que je vivrai, jamais je ne permettrai à une Catherine de laver son linge dans mon eau de savon !

En femme de tête, Mme Fourchaud ne voulut pas avoir le démenti de ce qu'elle venait d'avancer. Elle prit à peine le temps de raconter à son mari et à sa fille ce qui venait de se passer, et se rendit chez Auguste Courtine, dans l'intention de procéder à l'exécution de sa menace.

Mme Courtine était sortie, l'ancien soldat se trouvait seul au rez-de-chaussée. A la vue de sa voisine, il ne put réprimer un sourire en lui disant :

— Je sais, Françoise m'a déjà instruit de tout, mais bah ! il ne faut pas trop faire attention aux querelles de femmes ; on sait qu'autant en emporte le vent.

Cette façon philosophique d'envisager la question ne plut pas à Mme Fourchaud, qui, comme toutes les femmes, aimait assez qu'on se mît en colère quand elle y était. Aussi, y avait-il déjà de l'aigreur dans son accent, quand elle prononça ces mots :

— Votre Françoise, cette rien du tout qui m'a insultée... j'espère que vous allez me flanquer cette traînée-là dehors !

— Là, là, ma voisine, dit Courtine en apaisant Mme Fourchaud de la main et en continuant à sourire. Je sais que Françoise n'a peut-être pas eu pour vous toute la considération que vous méritez, mais en définitive, c'est une bonne fille, je n'en ai pas trouvé faisant mieux mon affaire, vous reviendrez sur son compte.

— Jamais ! et si vous ne la chassez pas immédiatement, je croirai que vous prenez fait et cause pour elle, et que vous êtes de moitié dans l'insulte que je viens de recevoir.

— Vous me permettrez pourtant de vous faire observer, ma voisine, que je suis le maître chez moi, et qu'il n'est pas raisonnable de m'imposer vos volontés. Laissez la Françoise et la Catherine se disputer, et ne vous en occupez pas.

— Soit, mais je vous déclare que je porterai plainte contre votre ser-

à certaines influences, d'écouter la voix des sympathies de clocher. Il y avait là un blâme et un avertissement pour l'avenir ; la connaissance d'Auguste Courtine était dangereuse, puisqu'elle pouvait compromettre un maire, jusqu'ici irréprochable, aux yeux de l'autorité supérieure.

Fourchaud montra cette lettre à sa femme et en conféra avec elle. Dans les dispositions d'esprit où se trouvait Mme Fourchaud, le résultat de la conférence n'était pas douteux ; au lieu d'adoucir les blessures de l'officier civil, Mme Fourchaud les envenima ; elle appuya vivement l'avis du sous-préfet, non pas, bien entendu, par amour pour la légalité, mais par esprit de vengeance ; elle était bien aise d'avoir l'Administration pour alliée contre Mme Courtine et sa servante. A la suite de la discussion de principes, elle alla même plus loin, elle souleva une question personnelle très grave et parla du mariage projeté de Luc et de Lucie.

Mme Fourchaud n'hésita pas à déclarer qu'on s'était peut-être un peu trop pressé d'y consentir. Pascal Fourchaud, maire de son village, pouvait-il accepter pour gendre un homme continuellement en état de suspicion ? Ne s'exposait-il pas, en l'acceptant, à une nouvelle lettre de M. le sous-préfet ?

Qui sait même si l'autorité ne ferait pas de ce mariage un cas de destitution ? Laisserait-on à la tête d'une administration communale un maire qui aurait intérêt à laisser passer la fraude et les fraudeurs ? Voilà pourtant tout ce qu'un mariage consenti à la légère pouvait amener !

Ces réflexions encore pimentées par le ton d'aigreur de celle qui les présentait, firent sur l'esprit faible de l'officier de l'état-civil une impression profonde ! Il avait la vanité des petits esprits, qui est la pire de toutes et la plus sensible. Il se représenta, en les exagérant, les dangers que sa femme lui peignait. Il se vit, non seulement déchu de son rang et traité comme suspect dans les bureaux de la sous-préfecture, mais encore tympanisé et vilipendé par ses concitoyens (il avait appris ce dernier mot depuis qu'il était maire) ; les enfants du village ne le regarderaient plus, les gendarmes de la brigade cantonale ne le salueraient plus. Ce dernier trait fut pour Pascal Fourchaud le plus douloureux de tous. N'être plus salué par les gendarmes ! C'était le dernier terme de la décadence, la dégradation et l'aplatissement final !

Ainsi tombait pièce à pièce cet édifice d'union dans le présent et de parenté dans l'avenir que le voisinage avait cimenté ; les rapports de l'ancien métayer avec Auguste Courtine devinrent plus réservés et plus froids ; la contrainte s'y trahissait, les lèvres n'étaient plus en rapport avec le cœur.

L'alliance de sa fille avec le fils de son voisin tourmentait fort le père Fourchaud, et s'il ne dégageait pas ouvertement sa parole, c'était de sa part manque de courage. Le digne homme qui se souvenait de son ancien voisin, l'ex-huissier, avait peur d'une scène violente, d'une rupture amenant à sa suite toutes les tracasseries, les tortures du voisinage qu'il avait autrefois endurées. Malgré lui cependant cette rupture qui couvait devait éclater brusquement.

Auguste Courtine avait reçu une seconde lettre de Kragervé annonçant l'arrivée prochaine du lougre fraudeur qu'il attendait ; il crut devoir donner avis à son voisin de cette circonstance et il ajouta :

— J'espère, voisin, que vous êtes toujours dans les mêmes intentions à l'égard de nos enfants ; dans six semaines au plus tard je vous compterai la dote de Luc, nous ferons une belle noce, n'est-il pas vrai ?

Ces paroles jetèrent Pascal Fourchaud dans un terrible embarras. Le moment était venu de parler, sa femme lui avait itérativement recommandé de saisir la première occasion qui se présenterait ; lui-même reconnaissait la nécessité d'une explication qui coupât court à des espérances désormais irréalisables ; mais en présence d'Auguste Courtine, sa raison n'avait plus de force, sa langue était liée, l'indécision de son caractère se trahissait en dépit de tous ses efforts. Au lieu de répondre nettement à l'interpellation du voisin, il rougit, baissa la tête et finit, en désespoir de cause, par balbutier cette phrase proverbiale qui lui servait dans toutes les occasions décisives, précisément parce qu'elle ne décidait rien.

— Hé ! Hé ! voisin, qui peut savoir comment le père Fourchaud met ses culottes ?

— Cela n'est pas une réponse, dit vivement Auguste Courtine ; le mariage de Luc et de Lucie n'est-il pas convenu depuis longtemps ? Qu'y a-t-il de changé ? Avez-vous l'intention de vous dédire ?

— Vous le prenez mal, père Courtine, je n'ai certes pas l'intention de prétendre que votre fils ne soit pas un bon parti pour ma fille...

Jamais l'article 653 du code civil ne donna lieu à tant de paroles à double entente, de dits, de contredits, d'exploits, de commandements, de significations ; jamais on ne vit pareil exemple de mitoyenneté armée.

Pascal Fourchaud souffrait, maigrissait à veu d'œil.

Luc et Lucie seuls échappaient à la contagion, ils résistaient à l'entraînement général ; cependant leurs rapports avaient pris une teinte de mélancolie profonde ; constamment surveillés, à peine avaient-ils le temps de s'adresser à la dérobée quelques tristes paroles qui témoignaient de leurs douleurs. Plus d'une fois, ils vinrent s'asseoir sur la margelle du puits mitoyen, mais il y avait entre eux l'épaisseur d'une palissade et la profondeur d'un abîme.

Des craintes cruelles torturaient le cœur de la pauvre Lucie dont les nuits se passaient dans les angoisses et les larmes.

XII

Les escarmouches continuelles entre les Fourchaud et les Courtine s'étaient un peu ralenties, un peu espacées ; à la suite du retour de la jeune fille, les servantes elles-mêmes avaient mis une sourdine à leurs animosités particulières. Marchait-on enfin vers l'apaisement ? Se recueillait-on au contraire pour de nouvelles luttes ? personne n'eût pu le pronostiquer avec certitude.

Cependant, même avec cette trêve, le chagrin des deux jeunes gens était loin de diminuer, dans l'éloignement respectif où ils se tenaient.

Lucien Courtine, comme l'indiquait assez le mouvement qui lui avait échappé chez le docteur, en voulait terriblement à celle qui avait dû être sa fiancée, pour l'émotion profonde que lui avait causée le suicide de Duponty. Selon lui, cette mort lui fournissait une raison de plus de voir dans Henri un rival qu'on pleurait. Peu lui importait que ce rival eût été, jusqu'au bout, inavoué, ou même que lui, Lucien, en eût triomphé même avant de le connaître, il n'en était pas moins un prétendant dont la mort avait violemment ému la sensibilité de Lucie Fourchaud. A sa rancune d'avoir vu la jeune fille quitter les Deux-Maisons avec une telle facilité, sans seulement chercher à lui dire adieu, à lui laisser au moins un espoir ou une consolation, s'ajoutait donc la jalousie. Il s'y ajouta encore, à mesure que le temps s'écoulait, un tourment, qui devint à la longue de l'exaspération : sa voisine continuait à le fuir. Non contente de s'être détachée de lui légèrement, elle ne rapportait aux Deux-Maisons qu'un dédain de plus en plus affermi dans son cœur. Ce cœur avait appris à se fermer. Sans peut-être avoir réellement penché pour un autre, il s'était tout de même laissé troubler par la catastrophe d'un autre. Mais de sa peine, à lui, elle n'en avait aucune pitié !

Lucie Fourchaud, de son côté, se sentait d'autant moins enhardie à faire les premiers pas dans la voie d'un rapprochement, que Luc, à son sens, s'accommodait fort bien de leur refroidissement. N'était-ce pas Luc qui lui montrait, en l'y précédant et en l'y guidant, le chemin de la rupture définitive ? S'il avait tenu à sa voisine, à son ancienne amie, ne le lui aurait-il pas laissé apercevoir ? Et s'il souffrait, pourquoi ne supposait-il pas la même souffrance à Lucie ?

Quelle horrible existence, vraiment, que la leur à présent ! Habiter constamment l'un près de l'autre, s'entendre marcher, s'entendre parler, reconnaître la porte qu'on ouvre, la fenêtre qu'on ferme, se deviner derrière l'épaisseur d'un rideau ou le reflet d'une vitre, se retirer à l'approche l'un de l'autre ou se condamner à détourner la tête, affecter de s'ignorer, calculer ses allées et ses venues, chacun dans sa maison pour ne pas se rencontrer, ne plus répondre aux allusions faites autour de soi, s'interdire de s'observer à la dérobée, réprimer toute envie de se voir et de se laisser surprendre à ce jeu, serrer les dents sur son chagrin, instituer entre soi une muette émulation d'orgueil à souffrir. Oh ! Quelle horrible existence !

Et le supplice s'accroissait encore de toutes les complicités de l'entourage, — la politique égoïste, cruellement finaude, implacable des parents ennemis, l'aide servile des domestiques, leur zèle bas et salissant à servir ce qu'ils appellent votre cause ! sans parler de tout ce qui se murmure, et des mille manières de colporter les mauvais dires, d'empoisonner encore un peu plus l'atmosphère de malentendu. Il semblerait, en vérité, que votre réconciliation, votre bonheur reconquis, seraient une calamité publique pour tous ceux qui s'occupent de ce qui ne les regarde pas. Auguste Courtine et sa femme, Pascal Fourchaud et la sienne, leurs servantes Françoise et Catherine, leurs amis et leurs partisans respectifs, les indifférents et les simples bavards, tous croyaient devoir s'employer consciencieusement pour prolonger et accentuer la brouille, rendre chaque jour moins possible la reprise des bons rapports, creuser l'abîme entre les deux jeunes gens.

XIII

Novembre était venu. Auguste Courtine avait de temps en temps de terribles accès de goutte. Dans ces moments-là, son humeur s'aigrissait et sa violence ne connaissait plus de bornes. Or, depuis quelques jours, la goutte le travaillait, ses pieds étaient gonflés et il passait toutes ses journées assis dans un grand fauteuil de cuir, les jambes entortillées dans de la flanelle, et les mains pendantes.

Un jour, il pria son fils de le transporter auprès d'une fenêtre qui donnait sur l'enclos, et comme, en ce moment, un rayon de soleil d'hiver vint tomber sur sa figure profondément altérée, il avança la tête en murmurant :

— Oh ! que ce soleil fait du bien !

A peine avait-il achevé cette exclamation que ses traits, un instant rassérénés, se contractèrent douloureusement, une vive expression de colère se peignit dans chacun des plis creusés par la souffrance. En même temps, il essaya de remuer et d'étendre la main ; cette main retombant malgré ses efforts, il se contenta de dire à Luc, d'une voix frémissante :

— Vois-tu ? vois-tu ?

— Qu'est-ce donc, et qu'avez-vous ? demanda Luc, en s'approchant de la fenêtre.

— Vois-tu ? vois-tu ? répéta Courtine, dont l'agitation redoublait.

Luc, alors, jeta les yeux au dehors, et il aperçut une des poules du voisin Fourchaud, justement « la poulette blanche à Mlle Lucie », qui cherchait en picotant, sous l'herbe couverte de givre, quelques grains d'avoine égarés.

C'était bien la vue de cette poulette, qui causait l'agitation de l'ancien soldat, et Luc n'eut plus de doute à cet égard quand celui-ci lui dit :

— Prends mon fusil et va la tuer !

Cette injonction, faite d'un ton impératif, émut profondément le jeune homme. D'un côté, il redoutait une de ces crises violentes dont son père lui avait donné si souvent le douloureux spectacle ; d'un autre côté, il songeait à Lucie, et ne se sentait pas la force de lui causer un tel chagrin.

— Ne m'as-tu pas entendu, mon gars ? reprit Courtine, en s'agitant furieusement dans son fauteuil. Prends mon fusil, n'attends pas qu'elle s'en aille.

Luc ne bougea pas : il regardait son père d'un air suppliant, comme pour lui demander grâce.

— Pourquoi restes-tu là immobile ? continua l'autre. Préférerais-tu à tes vieux ces méchants maudits d'à-côté ? Ne veux-tu pas m'obéir ?... Prends mon fusil, ou je vais le prendre moi-même !

En effet, Auguste Courtine essaya à plusieurs reprises de se lever ; les jambes débarrassées de la flanelle qui les emmaillottait, tremblaient convulsivement, sa bouche se tordait de colère, ses yeux exprimaient la rage de l'impuissance. Un instant, après mille efforts, il parvint à se tenir debout et il étendit ses deux mains vers un fusil accroché au mur ; mais presque aussitôt les forces lui manquèrent, ses jambes fléchirent et il retomba lourdement dans le fauteuil qu'il venait de quitter, en poussant un cri de fureur.

Cette horrible scène avait bouleversé Luc ; la tête penchée sur le visage de son père, il contemplait avec effroi ces muscles qui grinçaient, ces lèvres convulsées, cette bouche écumante.

— Va-t-en, va-t-en ! lui criait Courtine en le repoussant du coude. Je te défends de t'approcher de moi, puisque tu ne veux pas m'obéir !

Luc attendit quelque temps encore ; mais, voyant que la crise continuait, il décrocha le fusil sans mot dire et entra dans l'enclos. Il y fit quelques pas, ajusta la poule qui continuait à picoter et lâcha la détente ; puis, la tête basse, les larmes aux yeux, il revint près de son père qui ricanait de satisfaction.

La servante, accourue au bruit de la détonation, prit la poulette blanche ensanglantée et la jeta par-dessus le treillage.

Mais Luc avait maintenant une attitude de résignation tellement sombre, que son père s'en émut.

— Luc, dit-il à son fils avec douceur, est-ce que tu te repens de m'avoir obéi ?

Le jeune homme n'eut pas le temps de répondre ; au même instant Lucie entra, Lucie pâle, émue et relevant les coins de son tablier :

— Est-ce vous qui l'avez tuée ? demanda-t-elle à Courtine, en lui montrant le cadavre de sa favorite. Répondez donc, voisin, est-ce vous qui avez eu le cœur de la tuer ?

— Ce n'est pas moi, dit Auguste Courtine qui, en présence de cette belle fille, avait perdu non seulement sa colère, mais aussi sa fermeté. Ce n'est pas moi, non...

— Alors, qui est-ce donc ? interrompit Lucie. Qui ?... Répondez...

Auguste Courtine ne répondait pas.

— Il n'y a ici que votre père et vous, Luc ! continua Lucie, en jetant sur le jeune homme un regard où se peignaient mille angoisses.

— *Moi aussi, je vous aime.*

Et, comme Luc, troublé, baissait ses regards sans répondre, elle ajouta :

— Voyons, Monsieur ! quand on a eu la lâcheté de commettre une mauvaise action, il faut au moins avoir le courage de l'avouer. Encore une fois, est-ce vous ?

— C'est moi !... dit-il d'une voix étouffée.

Il y eut un instant de silence ; puis Lucie parla la première et avec un tel accent d'émotion que Luc tremblait en l'écoutant.

— Vous, Luc, vous ! Je ne l'aurais jamais cru... Vous saviez pourtant que cette poule m'était chère entre toutes les autres ; que dans mes moments d'enfantillage, je lui parlais comme si elle avait pu m'entendre ! Oui, je lui parlais de mes rêves, de mes... Vous savez bien de quoi !

Elle s'arrêta ; des larmes roulaient dans ses yeux. Puis, tout à coup, elle redressa fièrement la tête, comme si elle se fût reproché la faiblesse qu'elle venait de montrer, et s'adressant à Luc, qui, lui aussi, sentait des larmes venir et les écrasait de ses deux mains au bord de ses paupières :

— Vous m'avez fait beaucoup de mal, Luc, vous m'avez trompée, je ne vous savais pas cruel... Adieu !...

Tout l'espoir du jeune homme, son amour, ce qui, depuis plusieurs mois, était sa raison de vivre, se brisait, s'anéantissait.

Pour obéir à son père, il venait de commettre un acte odieux. Méchant ! lâche et même parjure ! lui qui se flattait d'être un honnête et courageux garçon, lui qui n'avait qu'une parole et se serait fait casser la tête plutôt que de se démentir !... Il ne fallait plus songer à sa chère Lucie son pardon était impossible.

Dès lors, Lucien Courtine, désemparé, torturé de remords, aigri contre lui-même, mal à l'aise avec son père, traîna des jours malheureux, cherchant l'occasion d'embarquer sur un bateau marchand et de fuir loin, pour ne jamais revenir.

Luc avait quelquefois essayé de revoir Lucie, non pour implorer sa grâce, mais pour lui dire que, s'il était coupable, c'était seulement d'avoir exécuté l'ordre de son père, pour lui expliquer son désespoir, ses projets de départ ; mais, la jeune fille ne sortait plus, et la porte des Fourchaud était presque toujours close.

Un soir, en revenant de la mer, Luc s'aperçut que Gabelou ne paradait pas comme d'ordinaire à ses côtés ; il se retourna et aperçut son chien qui marchait à une vingtaine de pas derrière lui, la tête baissée, traînant la patte. Inquiet déjà, Luc siffla. A cet appel de son maître, Gabelou s'agita et fit un effort suprême pour prendre sa course ; puis il poussa un hurlement en signe d'impuissance et de douleur, et continua à se traîner lentement.

— Ici, Gabelou ! cria Luc.

Sa voix fit un miracle ; l'animal, après avoir quelque temps tremblé sur ses pattes, s'élança et, en quelques bonds, rejoignit celui qui l'appelait. Mais, à peine avait-il atteint le terme de cette course désespérée, que ses jambes tremblèrent de nouveau, sa tête s'affaissa, il poussa encore un hurlement et finit par tomber inerte aux pieds de Luc.

— Mon chien est mort ! s'écria celui-ci avec angoisse, en se penchant précipitamment sur le corps de son brave et fidèle serviteur.

Luc s'était trompé, la respiration de Gabelou, quoique irrégulière, n'était pas absolument arrêtée, le cœur battait encore et l'espèce de râle convulsif qui soulevait ses flancs robustes, pour être un motif d'effroi, n'en était pas moins un indice de vie.

Il prit alors le corps de Gabelou dans ses bras, comme un père aurait pris le corps de son enfant, et il se remit en marche avec son fardeau, choisissant le côté le moins caillouteux de la route, pour que le pauvre chien eût moins à souffrir des cahots.

Quand Luc arriva devant sa maison, Gabelou éatit presque froid ; aussi le jeune homme enfonça-t-il plutôt la porte qu'il ne l'ouvrit, tant son inquiétude était vive.

Son père, toujours souffrant de son accès de goutte, était couché ; Mme Courtine, assise, tricotait au coin du feu de souches qui flambait mélancoliquement dans la cheminée.

Sans adresser un seul mot à personne, Luc alla déposer doucement Gabelou sur le grand fauteuil de cuir du père Courtine, puis il s'agenouilla à la hauteur de ce corps déjà refroidi qui allait devenir un cadavre.

La mère, émue de l'émotion de son fils, s'était agenouillée à ses côtés, et, comme lui, elle contemplait avec douleur cette langue tirée et sanguinolente, cette tête de brave animal bouleversée par la souffrance, tous ces symptômes d'une agonie atroce.

Seulement alors, Luc s'aperçut de la présence de sa mère, et comme elle lui demandait :

— Qu'y a-t-il, qu'est-il arrivé à Gabelou ?

— Ne le voyez-vous pas ? s'écria le jeune homme atteignant tout à coup dans son exclamation, l'expression suprême de la tendresse. Mon Gabelou va me quitter !

— Ce ne sont pas ceux de la douane qui ont... ?

— Non !

Elle restait à côté de lui, perdue dans ses réflexions, au flamboiement pâle du feu de souches.

— Ma mère, ajouta-t-il, après un silence, courez vite chez le docteur Gérins, priez-le de venir tout de suite ; assurez-le que nous ne dirons jamais à personne qu'il a soigné un animal, parce que cela pourrait lui faire du tort ; mais qu'il vienne à tout prix ; qu'il vienne vite !

En parlant ainsi, Luc frottait de ses deux mains l'épaisse fourrure de Gabelou pour ramener à la surface de la peau la chaleur qui fuyait. Mais, à ce moment, le corps du dogue se raidit, ses flancs durcirent, ses pattes s'allongèrent ; il essaya de tourner vers son maître un œil plein de reconnaissance qui se vitrifiait peu à peu, remua encore un instant son honnête et large tête, et poussa un dernier hurlement si plaintif, si bref, interrompu par la mort.

— Il est trop tard pour aller chercher le docteur ! dit Mme Courtine qui n'avait que trop bien compris la réalité du dénouement. Gabelou n'est plus.

Luc, absorbé, ne parut pas avoir entendu ces paroles, car il ne changea pas d'attitude. Lorsque enfin la vérité lui apparut, il se dressa tout d'une pièce ; sa figure était pâle, ses yeux secs et fixes ; il souffrait trop pour pleurer.

— Mort ! murmura-t-il d'une voix étouffée. Ce matin, il n'était pas malade, comprenez-vous cela, ma mère ? ajouta-t-il avec une vivacité sauvage, vous expliquez-vous comment Gabelou a pu mourir si vite !...

Pour toute réponse, Mme Courtine hocha la tête à plusieurs reprises d'un air significatif.

— Vous pensez quelque chose ? continua Luc ; parlez donc, ma mère, parlez !

Mme Courtine étendit alors le bras dans la direction de la maison qui s'accoudait à la sienne, et donnant à son accent une [illegible] intention de sagacité haineuse, elle laissa tomber ces mots :

— Les Fourchaud !...

Ce nom, prononcé lentement comme un appel à la vengeance, produisit sur son fils l'effet d'un coup de foudre précédé d'un éclair. Il reporta son regard sur Gabelou, et en voyant l'écume qui s'échappait de sa bouche, ses membres tendus et déjà raidis, il s'écria avec une épouvantable explosion :

— On me l'a tué ! Ils me l'ont tué... Mon chien est mort... empoisonné !...

— Il n'y a que les habits-verts ou eux, souffla Mme Courtine.

Et elle reprit après avoir donné le temps à ses paroles de bien entrer dans l'esprit de son fils et d'y agir :

— Les habits-verts, ils savent trop ce que ça leur coûterait ! Par conséquent !...

— Du moins, tu ne seras pas mort sans vengeance ! cria le jeune homme en s'adressant à Gabelou endormi pour toujours. C'est la grande Catherine qui a fait le coup, elle a fait assez de mal maintenant !...

Il décrocha le fusil dont quelque temps auparavant la volonté de son père l'avait armé malgré lui, repoussa sa mère qui essayait de le retenir, et se précipita d'un bond vers la porte de la maison Fourchaud qu'il ouvrit avec fracas.

[illegible] moment toute la famille était réunie dans la salle au rez-de-[illegible] embrasser d'un coup d'œil tous ceux qu'il confondait [illegible] choisir sa victime. Sous le man-[illegible] fumait en silence ; un peu plus loin, Mme Fourchaud [illegible] Lucie brodait. Il n'y [illegible] pas jusqu'à la [illegible] place au foyer [illegible] cause première de cette [illegible]

A l'aspect de Luc armé [illegible] oipe, Mme Fourchaud se leva [illegible] Lucie [illegible]

Quoique Luc n'eût [illegible] tion générale, il fixa les yeux sur Catherine dont il [illegible] de remarquer le trouble. Elle, aussi pâle que Mme Fourchaud, baissait la tête en tremblant. Lucie, seule, immobile, regardait Luc, qui s'approchait lentement.

— Gabelou est mort ! dit celui-ci, mort empoisonné. Je viens savoir qui de vous a donné du poison à mon chien ! Il faut que ça se paye, et je viens pour ça !

— Allons, répondez donc ! ajouta-t-il en armant son fusil. Qui de vous a empoisonné Gabelou ?...

— C'est moi ! dit Lucie en se levant et sans détourner la vue.

— Vous ! s'écria Luc, dans le cœur duquel un dernier combat se livrait. Vous, Lucie ?

Elle ne bougea pas, fit seulement de la tête une nouvelle affirmation.

— C'est... c'est trop !... c'est trop !... reprit-il en abaissant le canon de [illegible] qu'il avait dirigé vers la poitrine de la jeune fille.

Au même instant, la porte d'entrée fut poussée avec fracas, [illegible] [illegible] se lança du seuil.

— Nous venons vous surprendre !...

Mais deux cris [illegible] succédèrent [illegible]

— Ah ! mon Dieu !...

Il [illegible] d'un bond [illegible]

[illegible]

Toute cette scène avait été d'une rapidité inouïe, et c'est alors seulement que l'on reconnut mademoiselle Merville accompagnée du docteur Gérins.

— J'allais punir une cruauté et une infamie. Sans vous, rugit Luc, encore soulevé par la colère...

— Qu'y a-t-il donc ? interrogeait Juliette.

— Il y a que l'une de ces femmes, prononça Luc sourdement, à mots saccadés, Mlle Fourchaud... ou sa servante... peut-être toutes les deux, puisque la maîtresse vient de se dénoncer pour couvrir sa domestique... mais sûrement l'une d'elles... a tué mon chien !

Gérins et Mlle Merville se regardèrent, reportèrent ensuite leurs regards sur les visages des Fourchaud : ils n'y lurent qu'un aveu tacite et involontaire de cet acte de barbarie. Seule, Lucie n'avait pas l'attitude lâche, la physionomie bassement terrifiée des trois autres. Mais sa douleur atteignait évidemment à la violence de son ancien fiancé !

— Ah !... fit Gérins interloqué devant l'énormité de cette vengeance. Et plus doucement à son ami Luc :

— Ce n'est pas une raison pour répondre au mal par le mal.

— Je le sais ! dit le jeune homme d'un ton rauque.

Puis, avec une expression de rage contenue, il mit son fusil en bandoulière, et sortit à reculons, en grinçant des dents.

Tout le monde était dans la stupeur. Avant l'entrée de la jeune demoiselle et du médecin, tous les yeux avaient cru voir luire une étincelle, toutes les oreilles avaient cru entendre une détonation...

Ce dénouement pacifique, au lieu du dénouement sanglant qu'on avait pu craindre, tout en rassurant les esprits pour l'instant, les angoissait pour l'avenir.

Ainsi, la sève empoisonnée de la haine, après avoir gâté l'arbre dans sa racine, atteignait les plus pures et les plus vivaces de ses rejetons. De beaux enfants qui s'adoraient, elle en avait fait deux ennemis jurés et irréconciliables ; le mauvais génie du voisinage pouvait entonner son hymne de victoire : il triomphait.

XIV

— Croit-on que Lucie restera fille parce qu'elle n'épousera pas M. Lucien Courtine ? avait dit un jour Pascal Fourchaud, par la bouche de Mme Fourchaud.

Depuis ce jour-là, marier Lucie était l'idée fixe dans la maison, le désir de tous les instants. On voulait la marier richement, glorieusement, afin de rendre l'humiliation du voisin plus complète.

Les intentions de Pascal Fourchaud exprimées à haute voix et à plusieurs reprises, se répandirent vite dans le village et dans les alentours ; il fut question, non seulement à la claquette, mais dans les marchés, de la dot cossue que le père Fourchaud voulait donner à sa fille. Ces bruits produisirent leur effet, les prétendants accoururent, et enfin la voix publique désigna comme le futur mari de Lucie, le fils d'un riche métayer de Montivilliers : les commérages ne se trompaient point.

Si Fourchaud et sa femme consentirent au mariage, Lucie ne s'y opposa pas. Dans l'amertume de son cœur, elle profitait des exemples de pur égoïsme qu'elle avait eus sous les yeux parmi ces jolies demoiselles de la société, et aussi des paroles d'insouciance échappées à Juliette. Pourquoi, elle, simple fille de paysans, après tout, se croirait-elle plus tenue à être sérieuse et réfléchie, constante dans ses goûts, ferme dans son premier choix, que les riches héritières dont la jeunesse se passait en plaisirs toujours renouvelés ?

Il y eut donc grande réception chez Pascal Fourchaud : les deux familles, celle du futur et celle de la promise, se réunirent à table. On fit ce que l'on n'avait pas fait lors du grand repas de Pentecôte avec les Courtine : on porta la santé des fiancés ; bref, on mena autour de cet accord le plus d'éclat possible. Mme Fourchaud acheta un trousseau magnifique pour sa fille, et stationna au Havre des après-midi entières chez les couturières et les modistes.

Toutes les emplettes qu'elle faisait, elle avait grand soin de les publier avec fracas. Il fallait que personne n'en ignorât, et que sa voisine en séchât de jalousie, au coin de sa cheminée.

Mme Fourchaud dut être satisfaite, la nouvelle du mariage projeté de Lucie fit véritablement sensation : la Courtine, ainsi que disait la

[illegible] en silence, sous la torpeur de l'hiver, allait bientôt apparaître [illegible] La belle saison était de retour, les arbres reverdissaient et l'odeur pénétrante de la luzerne en fleurs embaumait les prairies.

Par ce matin bleu, la mer scintillante d'argent se fondait au large dans la pleine lumière ; au loin, des voiles blanches, telles des ailes d'oiseaux, se découpaient dans l'azur soyeux de l'eau et du ciel.

Lucie, assise au bord du chemin de la falaise, rêvait à l'ombre de son ombrelle rose, quand passa à côté d'elle un pauvre diable boiteux et goitreux, aux trois quarts stupide, vivant d'aumônes, celui que l'on connaissait dans le pays sous le sobriquet ironique de César le Prince.

— Tiens, César, fit-elle, en lui mettant dans la main une obole, voilà pour toi.

[illegible] se mit à rire.

— Bon, bon, marmonna-t-il.

Et, comme il restait toujours là, planté, la bouche bée, la figure niaise, Lucie exaspérée finit par lui dire :

— Eh bien, qu'est-ce que tu attends ? Va-t'en donc !

— Oh ! oui, mam'zelle, je vas.

Et, tournant brusquement les talons, il partit très vite en traînant la jambe, comme s'il eût été poursuivi.

Le malheureux était déjà loin, lorsque Lucie aperçut contre le rocher où elle était assise, presque à ses pieds, une lettre.

Le cœur de la jeune fille fit un saut.

Hésitante, elle tourna et retourna le message dans ses doigts, enfin, la curiosité l'emportant, elle déchira l'enveloppe et lut :

[illegible] venez à huit heures, ce soir, sur la falaise [illegible] passe encore [illegible] pas cette dernière prière [illegible]

[illegible] Luc [illegible]

— Moi, le revoir ! [illegible] sa famille contre ma famille, contre [illegible] donner un rendez-vous, mais pour quelle [illegible] donc ? Et ne sait-il pas que je suis fiancée à un autre [illegible] que je ne m'appartiens plus !

C'était vrai pourtant, qu'elle ne s'appartenait plus ; qu'avant [illegible] mois, elle serait la femme d'un garçon riche, considéré, qu'elle n'aimait pas, qu'elle n'aimerait probablement jamais, car celui qu'elle aimait [illegible]

Pourtant, elle avait bien des fois, et longuement, chaque fois [illegible] lettre que Juliette Merville lui avait écrite [illegible] cette lettre qui [illegible] du peu d'importance [illegible] cette lettre qui confessait les [illegible] elles jouent avec ce que l'on doit au contraire [illegible] d'abord, ces premiers sentiments dont, par malheur, dans la société, on fait trop une école de plaisir mondain au lieu d'une école d'élévation de l'âme et du cœur.

[illegible] cette lettre, qu'était due la demeure [illegible] à la célébration [illegible] combinée par les Fourchambault [illegible] Lucie [illegible] fin de l'année qui avait [illegible] Gabelou [illegible] ce que l'on fait [illegible] le Carême.

[illegible]

Mais l'engrenage [illegible]

[illegible] tout bas, elle murmura le nom de Luc. Luc ! comme il était [illegible] d'elle ! et son âme désespéra du bonheur, cependant qu'une pitié d'elle-même noyait ses yeux et effondrait ses résolutions. Qu'il est [illegible] à vingt ans, de voir crouler son rêve, d'étouffer son cœur ! N'avoir [illegible] même plus le droit d'aimer Luc dans le secret d'elle-même, [illegible] déjà trop souffrir, mais s'en séparer pour toujours sans lui avoir [illegible], sans lui pardonner, sans lui demander pardon aussi, [illegible] au-dessus de son courage. Elle pensa : « Puisqu'un vent de discorde [illegible] sur nos deux maisons, il est de mon devoir de dire à Luc : [illegible] avez méconnu mon amour, mais n'épousons pas la haine ; moi, [illegible] veux oublier vos querelles. »

[illegible] l'idée de revoir Luc s'empara si complètement de son esprit, [illegible] ne raisonna plus l'acte qu'elle allait commettre, se refusant [illegible] à réfléchir aux conséquences graves qui pouvaient en résulter [illegible]. La journée lui parut s'éterniser, et se passa dans l'attente [illegible] du soir. Quand le sommeil eut terrassé dans leurs [illegible] [illegible] et qu'elle se fut assurée que [illegible] elle sortit. Dehors, sur la lande, [illegible] de nouveaux scrupules l'assaillirent [illegible] s'évanouirent sous le fixe [illegible] [illegible] le plateau du pays [illegible] avait ramené la vie [illegible] autour de toutes les masures [illegible] [illegible] et des trèfles, la brise de [illegible] sur les [illegible] les animaux subissaient [illegible] approche d'un rêve qui les [illegible] muette de ces campagnes.

[illegible] rappela à Lucie quelques rares prome[illegible] devant les Courtine et les Fourchaud, dans la [illegible] dimanches que l'envie les prenait d'aller jusqu'à [illegible] se coucher. Alors, Ganelon gambadait devant [illegible]

[illegible] l'impression de n'être pas venue là depuis des éternités, [illegible] des fantômes invisibles, mais qu'elle [illegible] peu plus tard, ici ou là, et ailleurs. Cette étendue [illegible] jusqu'où arrivait l'infatigable [illegible] remplissaient, heures par [illegible]

Sans la conscience [illegible] jamais elle n'eût [illegible] jusqu'au bout [illegible] sous lequel il [illegible] sentir flotter dans [illegible] des choses passées.

[illegible], elle s'arrêta [illegible]

[illegible] chien aboya du côté de [illegible]

Puis tout se tut comme avant.

[illegible] cap d'Antifer, à sa gauche [illegible]

[illegible] avait repris le chemin de la falaise [illegible] la mer chantait plus haut [illegible] et le vent de [illegible] ses parfums d'herbes, de [illegible] aux senteurs [illegible] venant du large, mais le cœur de la jeune fille était trop [illegible] [illegible] charme de [illegible] Cependant, elle [illegible] [illegible] surplombant les flots. Elle s'étonna [illegible] alors presque [illegible] [illegible] elle se disposait à [illegible] lorsqu'elle sentit une main qui serrait la sienne [illegible] une voix [illegible] Bonsoir, Lucie [illegible]

[illegible] comment ne vous ai-je pas vue ?

[illegible] aurait fallu pour cela connaître ma retraite [illegible] donnée de la découvrir. Donnez-moi la main, je vous [illegible]

[illegible], se laissa diriger. [illegible] dans les roches. Avec des [illegible] Luc allait [illegible] dans les passages difficiles [illegible] [illegible] [illegible] ouverte [illegible] [illegible] avec des [illegible]

[illegible] Luc [illegible] dit d'un [illegible]

[illegible]

[illegible] pour ses besoins de sa contrebande. Elle était vide ; les [illegible] jeunes gens s'y installèrent.

— Notre planche de salut ! s'écria le jeune homme avec un accent [illegible]

[illegible] de fait, elle ne valait guère mieux qu'une planche, cette misérable embarcation qui ne possédait ni avirons, ni barre.

— Dans un instant, reprit-il, le vent va sauter et nous pousser à la [illegible]. Si la houle n'est pas trop rude, il nous sera facile d'atterrir...

A peine avait-il dit ces mots, qu'une rafale venant de l'ouest [illegible] mais au lieu de pousser normalement le canot, elle le chas[illegible] avec violence, à coup de lames courtes, pressées, se bousculant [illegible]

[illegible] ténèbres étaient presque complètes.

— Dieu ! pensa Luc, nous allons bien à la côte, mais pour nous [illegible]

[illegible] la barque tournait comme une toupie [illegible] [illegible] de mer, elle se couchait sur le flanc [illegible] [illegible] vague pour retomber [illegible]

[illegible]

Paroles stériles ! cris impuissants ! La barque fuyait toujours... elle n'était plus qu'à une centaine de mètres de la crique où, quelques heures auparavant, Lucie s'était assise. Déjà l'ombre de la falaise obscurcissait les reflets moutonneux des lames, sous la lune. Lucie reconnut l'endroit, et dit tristement :

— Vous me ramenez où vous m'avez prise, et c'est pour mourir !

Et, comme Luc se tordait les mains, elle ajouta en essayant de paraître calme :

— Mon ami, ayons du courage, nous sommes ensemble !

Luc n'entendit pas les derniers mots. Depuis un instant, son regard fixait la crête dominant la petite crique.

— Quelqu'un là-haut ! murmura-t-il, en s'assurant que la silhouette aperçue était bien celle d'un homme. Nous sommes sauvés, peut-être.

En même temps, enflant sa voix de toute la force de ses poumons, il cria :

— Une amarre ! une amarre !... Envoyez vite !

— Pas d'amarre aux fraudeurs ! répondit du bord de la falaise une voix aiguë qui perça le tumulte de la tempête.

— Nous sommes perdus, dit Luc, cet homme est un douanier !

Cependant il cria une seconde fois :

— Une amarre ! une femme va périr, sauvez-la !

— Au large, le fraudeur !

— Luc, ne voulez-vous pas venir près de moi, souffla très bas Lucie.

Une seconde après, la barque enlevée par une énorme lame de fond, toucha la falaise.

C'en était fait d'elle et de ceux qu'elle portait.

La voix dure du ressac, devenue retentissante à mesure que l'orage et le vent avaient affolé la mer, allait couvrir cette agonie rapide au fond du gouffre.

XVI

A peine guéri de toutes ses contusions causées par l'éboulement dont il avait failli être victime, le douanier Ducreux n'avait plus qu'une idée : prendre sa revanche, une revanche éclatante. Dès lors, il en rechercha l'occasion et déploya plus d'acharnement que jamais dans la surveillance étroite dont il enveloppait ce point de la côte. Ah ! il ne les aurait pas volés, ces fameux galons de sous-brigadier ! la peine qu'il se donnait pour les avoir, n'était rien pour lui ; il en prendrait dix fois plus encore s'il le fallait. La femme et les petits n'étaient-ils pas là, toute une famille qui grandissait, dont les besoins augmentaient — sans parler de beaux-parents laissés dans le pays de sa femme, mais qui ne cessaient de remplir leurs lettres de considérations sur l'insuffisance de la retraite qu'il aurait, sur l'avancement obtenu par des collègues plus jeunes, sur les mérites de tous ceux qui savaient se débrouiller ?

Et puis, en dehors de la question d'utilité, il y a non seulement la question d'amour-propre, mais celle de la passion que l'on finit toujours par mettre à une pareille lutte contre un adversaire habile et rusé qui se rend insaisissable. On se pique au jeu ; n'y eût-il ni galons ni autres avantages à gagner, on continue la chasse pour elle-même, on pourrait presque dire : pour elle seule.

Certes, le long de ce littoral, Lucien Courtine était loin d'être l'unique fraudeur qui inquiétait la Douane. Mais, aux yeux de Ducreux, toute la contrebande de la région où l'appelait son service se personnifiait en Lucien Courtine, au compte duquel il ne manquait pas non plus de mettre des méfaits dépassant de beaucoup en nombre et en importance son trafic réel.

Cette nuit-là donc, en tournée avec un de ses collègues plus jeune, il se dirigea vers l'endroit où, depuis longtemps, il savait que Lucien Courtine opérait. Soit flair, soit simple imagination, ayant acquis bientôt la conviction que le jeune homme était dans sa cachette attendant un moment favorable pour prendre sa barque et transporter quelque marchandise, il s'établit au bord de la crête, à l'affût.

Le ciel, où brillaient encore sans trop de nuages les étoiles, permettait, grâce à leur clarté, de distinguer le fond de la crique. Mais, les reliefs de cette anfractuosité où se trouvait la cachette, avec ses jeux d'ombre et de lumière, trompaient par la bizarrerie des découpures. Ce ne serait que lorsque le gibier quitterait son gite qu'on l'apercevrait. Une circonstance était en faveur du chasseur : la perte de ce chien si précieux pour éventer là-haut la présence des douaniers et avertir son maître. Depuis qu'il n'avait plus Gabelou, ce Courtine possédait un bel atout de moins dans son jeu contre la Douane. Ducreux le savait et bénissait au fond de son cœur l'auteur de ce meurtre.

Plein d'espoir, il guette patiemment.

Est-ce une hallucination ? Il lui a semblé entendre des voix. Luc ne serait donc pas seul ? Avec qui peut-il être ? On ne lui connaît aucun associé, du moins dans l'endroit. Si les fraudeurs sont deux, tant mieux ! Ducreux est brave et la prise n'en sera que meilleure. Ses espérances et ses émotions redoublent.

Il a envoyé son collègue explorer les alentours et surveiller le chemin qui va de la falaise chez les Courtine et du village à la falaise, tandis qu'il reste en observation.

Non seulement, il serait heureux de prendre le fils Courtine en flagrant délit de fraude, mais encore il éprouverait une joie sans mélange à se venger ainsi du refus humiliant qu'il avait essayé, une nuit, de la part du maire : on se souvient qu'il était entré chez celui-ci pour lui demander de s'installer dans sa cour, afin d'observer certains mouvements dans la maison Courtine et de tâcher de surprendre aussi, peut-être, certaines conversations. Il eût eu là un poste admirable pour saisir tout ce qui se faisait et se disait à côté. Mais le brave père Fourchaud avait trop le respect de soi-même et de l'amitié existant alors entre son voisin et lui, pour trahir de la sorte Auguste Courtine et son fils. On se rappelle que Lucie avait écouté de sa chambre la conversation entre Ducreux et son père. Le douanier ne pardonnait pas à Pascal ce refus.

Tout en ruminant ces diverses choses, il lui vint à l'idée qu'avec de la hardiesse, un solide compagnon, tel que son collègue qui allait revenir tout à l'heure et un bon bout de corde comme ceux qu'ils portaient avec eux, il parviendrait peut-être à se glisser jusqu'au repaire du contrebandier. C'était un coup à risquer. Il ne balança pas. On le risquerait, ce coup. Son collègue le descendrait au bout de leurs lignes de sauvetage, du haut de la falaise, et si la capture était difficile ou périlleuse, eh bien ! lui, Ducreux, en aurait tout l'honneur. Dès lors, il attendit avec impatience le retour de l'autre préposé.

Peu à peu, les nuages s'étaient amoncelés, le vent soufflait fort. On distinguait moins clairement l'eau dans la crique, en bas. Tout à coup, la lune se voila, une bourrasque courut, enflant la houle, échevelant les lames, peignant l'herbe de la lande avec fureur. Il fit tout à fait noir.

— Si j'y vois moins pour descendre, on me verra moins aussi, pensa Ducreux, et si j'entends moins, on m'entendra moins ! D'ailleurs, le mauvais temps va bloquer notre homme dans son trou, où je le cueillerai...

C'est à ce moment précis que Luc et sa fiancée sortaient de la cachette. Ayant trouvé le chemin des rochers, pour remonter, barré par la mer, ils se mettaient en quête de l'embarcation attachée dans la crique.

Les ténèbres noyaient tout. Ducreux ne se doutant nullement du départ de son « gibier » ne bougea point. Lorsque le douanier, dépêché en patrouille aux alentours, revint, il lui expliqua en détail son plan, en ajoutant que la tempête leur donnait maintenant tout loisir pour l'exécuter. Il n'y avait pas à se presser : le contrebandier ne pouvant leur échapper puisque la mer était trop haute pour qu'il songeât à rentrer à pied sec.

— Mais s'il a son canot ? objecta le collègue de Ducreux.

— Pas de danger qu'il songe davantage à s'en servir ! Il se briserait contre les roches, il le sait bien.

Les deux hommes profitèrent de l'obscurité pour préparer leurs appareils de manière à entreprendre la descente dès que l'instant leur paraîtrait favorable.

Une heure s'écoula. La tempête augmentait d'intensité. Les douaniers se répétaient, pour se consoler :

— Tant mieux ! Tant mieux ! Il n'est que plus sûrement à nous, bloqué comme il est.

Au bout d'un temps qu'ils commençaient à trouver cependant un peu long, le jeune préposé dit à son ancien :

— N'entendez-vous pas ?

— Quoi donc ?

— Il me semble qu'on a crié.

— C'est la rafale.

— Non.

— Alors, c'est quelque bateau en perdition.

— Faudrait voir.

— Oui, faudrait voir.

Ils tendirent l'oreille. Mais le vent mugissait. On eût dit une suite de beuglements ininterrompus, auxquels répondait la clameur rageuse de la mer.

La découverte du ciel qui se nettoyait de ses lourdes nuées leur fit pousser un cri. En bas, à leurs pieds, un canot se débattait, et ces mots hurlés leur parvinrent :

— Une amarre ! Une amarre !

Mais la lueur blême de la lune, qui se couchait en épendant sur la tempête ses dernières lividités sépulcrales, permit à Ducreux de reconnaître une silhouette :

— Lui ! c'est lui ! Courtine !

Alors, il vociféra son refus dans le vent :

— Pas d'amarre aux fraudeurs !

En même temps, il disait à l'autre couché de tout son long à ses côtés :

— Ne bouge pas, nous l'aurons s'il se rend, ou la mer nous le donnera.

Luc, implorant, lança son deuxième appel. Mais une femme apparut, auprès de lui, dans le canot. La mort qui les menaçait était horrible et imminente. En une demi-seconde, il se fit une révolution dans l'esprit du rigide Ducreux.

— A nos lignes et attention ! commanda-t-il brièvement au camarade.

Puis, au bout d'efforts pénibles et angoissants, Lucie fut hissée évanouie. Sa vue fit tout de suite comprendre aux deux douaniers qu'il ne s'agissait nullement de ce qu'ils espéraient avec tant d'ardeur.

— Allons, fit Ducreux, avec une résignation comique. Voilà encore une prise qui me passe sous le nez !...

Le sauvetage de Luc fut plus long, car, à coopérer à celui de la jeune fille, Luc avait à peu près épuisé le peu de forces qui lui restaient. Meurtri, les doigts déchirés, pantelant, il s'accrochait encore au roc, mais ne pouvait plus bouger. Par un prodige de volonté, il finit, après plusieurs essais infructueux où son énergie défaillante le trompa chaque fois, par se saisir de la ligne à son tour, mais il respirait à peine, et, sur la pointe de l'aube, un grand coup de heurtoir réveilla la Souriette, à Saint-Jouin : on devine pourquoi.

Heureusement, deux jours plus tard, il n'y paraissait plus, les deux naufragés étaient vaillants et joyeux, car les Courtine et les Fourchaud s'étaient réconciliés. Le mariage de Lucie Fourchaud avec Lucien Courtine était décidé. On avait écrit à Montivilliers pour rompre et rendre les cadeaux, au Havre, pour mander la nouvelle à Juliette ainsi qu'à ses parents.

La petite jument bai cerise eut bien des courses à faire dans cette semaine-là et celle qui suivit : on la vit trotter à toute allure, sans désemparer, entre Saint-Jouin et le Havre, entre les Deux-Maisons et Criquetot-l'Esneval où Me Auguise, à sa grande stupéfaction, reçut l'avis d'avoir à déchirer le contrat de la demoiselle Fourchaud pour lui en préparer tout de suite un autre. Gérins avait apporté de la part de M. Merville, à son ami Luc, l'offre d'une place de surveillant dans sa maison de commerce. Voilà qui levait le dernier obstacle aux anciennes hésitations de Fourchaud. La nouvelle fut accueillie avec enthousiasme, le jeune ménage irait habiter au Havre, et cela d'autant plus gaiement que le docteur annonçait formellement son mariage avec Mlle Juliette Merville.

Les deux familles réunies, Courtine et Fourchaud, scellèrent donc leur accord définitif aux cris mille fois répétés par Auguste Courtine de : « Vive l'Empereur ! » auquel son fils répondit par un « Vive Ducreux » qui trouva de l'écho chez tous ces braves gens.

Le douanier venait de recevoir une médaille de sauvetage et une somme d'argent pour sa belle conduite. De plus, M. Merville lui promettait de lui avoir enfin, par ses relations, les galons de sous-brigadier tant convoités. Ne valait-il pas mieux, somme toute, qu'il les dût à une belle action comme la sienne, en sauvant son prochain, au lieu de les devoir à un acte de rigueur qui eût pu perdre définitivement un de ses semblables ?

EPILOGUE

Les cloches disaient :
— Drelin ! Drelin !
Les gens se répétaient :
— Demain ! Demain !
Puis les cloches se turent et la rêverie des gens continua.

. . . .

Lucie avait ouvert sa fenêtre.

Il faisait nuit, une nuit pleine d'astres. Le repos de la campagne endormie la calma comme un bain frais. Un chèvrefeuille exhalait son odeur pénétrante qui se mêlait à l'odeur plus lointaine des fleurs des deux jardins et aux haleines parfumées qui avaient passé sur les pacages.

Elle pensait à Lui, rien qu'à Lui !

Oh ! comme je l'aime !

Et il lui sembla que son cœur s'élargissait. Quelle avait donc été cette folie de le fuir et de le haïr ?

— Demain, je serai sa femme !... Demain ! Déjà demain !...

Car on ne dit pas « enfin ! » on dit « déjà ! » quand on fut si longtemps avant de croire à la réalité du bonheur. Souffrir devient une habitude dont on se défait vite, certes, mais qui vous laisse encore quelque incrédulité.

. . . .

Luc aussi avait ouvert sa fenêtre.

Son regard et sa pensée allèrent aussitôt vers la mer.

Elle bruissait là-bas, avec un murmure doux, pareil à l'haleine régulière d'une dormeuse.

Une caresse fraîche qui n'était guère qu'une apparence de brise effleura le visage du jeune homme, qui but, pour ainsi dire, avec avidité, cette impalpable brume salée au passage, en enflant les narines et en emplissant ses poumons de tout ce qu'elle lui envoyait dans la nuit, la mer.

Alors, une immense mélancolie lui vint, un accablement subit. Pourquoi ? Il avait, au contraire, toutes sortes de raisons d'être à l'allégresse ; le rêve merveilleux de son enfance et de sa jeunesse ne se réalisait-il pas ? Demain, dans quelques heures, Lucie, sa chère et bien-aimée Lucie serait sa femme !

Oui, pourquoi cette tristesse ?

Sa pensée vagabonda...

Adieu, les aventures ! Lucien Courtine, après-demain, allait être un employé ponctuel et rangé, considéré de tous, n'ayant plus rien de commun avec l'ancien fraudeur dont on surveillait les pas et les démarches, et que l'on regardait de travers.

On venait de louer pour le jeune ménage, une charmante habitation, au Havre, dans les faubourgs, pas très loin de la villa des Merville; et comme les Gérins, une fois le docteur et Juliette mariés à leur tour, résideraient la moitié du temps à Saint-Jouin et l'autre moitié au boulevard de Strasbourg, on se verrait souvent.

Soudain, une voix bien connue l'appela d'en bas, la voix du père Courtine :

— Ohé, Luc !

Il se pencha.

Le père était dehors.

— Descends à la cuisine, dit-il à mi-voix, et apporte une bouteille. Mais ne fais pas de bruit pour ne point réveiller ta mère.

— Entendu ! J'arrive.

— Dis donc ?

— Qu'y a-t-il ?

— Tu aimes toujours bien Lucie, n'est-ce pas ?

— De tout mon cœur !

— Prends aussi mon tabac qui est sur la cheminée, et reviens me trouver.

Lorsque Luc fut dehors auprès de son père, avec la bouteille requise, deux verres et le tabac, Auguste lui fit signe de poser tout cela sur la petite table qui était en face du banc. Ils s'assirent. L'ancien contrebandier bourra une pipe, tandis que son fils versait à boire.

— Demain, mon fils, tu te maries, tu sais ! disait Courtine. Demain, tu ne dormiras plus sous mon toit, hé non !... Demain, il y aura ta femme entre nous — ta femme que j'aime bien, tu m'entends ? — mais, qu'est-ce que tu veux, entre nous tout de même ! Alors j'ai pensé comme cela qu'il ne sera pas mauvais de vider ensemble quelques verrées de bon cidre et de fumer une bonne pipe tous les deux seuls, en causant... Vive l'Empereur !

Cependant, il avait jeté son cri habituel sur un ton très modéré, en raison de l'heure et du silence qui les environnait.

Puis, satisfait de lui, il reprit, en examinant son garçon :

— Tu as l'air tout chose... Depuis quelques minutes je te regardais bâiller aux étoiles, qu'est-ce que tu faisais là-haut ? Aurais-tu quelque chagrin par hasard ? Dans ce cas, il faudrait m'en parler. Je ne suis pas seulement ton père, je suis aussi ton camarade, le meilleur !

— Je disais adieu à ma bonne amie, répondit Luc en montrant du doigt, dans la pénombre vaporeuse, la direction des espaces invisibles où la mer sommeillait au loin.

— Mon gars, je te comprends. Tu t'y étais attaché, à la gueuse... Une vraie enjôleuse qui sait vous prendre et vous souquer avec ses caresses, ses câlineries et aussi bien avec ses méchancetés qu'avec ses caresses. Ah ! elle vous cramponne solidement, celle-là !... Moi aussi, quand j'ai quitté le 3e Zouaves à Constantine, quand je n'ai plus entendu sonner les clairons, quand il a fallu dire adieu à tout le rafiafla du régiment, à ces mille choses qui me tenaient au ventre, depuis toujours — car je suis un ancien enfant de troupe, moi, — Ah ! bon sang de bon sang ! Bon sang de bon sang !... Mais tiens ! ne parlons plus de ça. Rien n'est mauvais, vois-tu, comme de remettre le nez dans sa jeunesse quand on est vieux. Toi, tu es à peine un homme et déjà aussi tu regrettes un tas de bêtises. Apprends donc à ne pas regarder en arrière, c'est inutile et malsain. Ce cidre est vraiment frais, à la nôtre, mon fieu !

— A la vôtre, père !

Longtemps les deux hommes assis sur le banc, discoururent à voix basse, vidant la bouteille et achevant leur pipe en s'entretenant du lendemain.

Cet entretien de père à fils se prolongea ainsi dans un sentiment de forte et reposante amitié dont l'un et l'autre goûtaient, pour la première fois, le charme complet, avec la pointe de tristesse de se dire qu'une pareille heure, en toute paix, et en toute franchise, si cordiale, si douce à des cœurs d'hommes peu coutumiers de douceurs entre eux, se reproduirait sans doute rarement ou ne reviendrait peut-être jamais.

La parole solennelle de l'horloge du clocher tomba sur leur conversation qui se ralentissait et ils rentrèrent.

Maintenant, tout dormait.

Lucie dormait, le ménage Fourchaud dormait. Le ménage Courtine dormait aussi. Luc s'endormit à son tour.

Tout à coup, la lune, déchirant un léger nuage frangé d'or, vint poser son disque éblouissant au-dessus de l'un et l'autre toit, qu'elle baigna de sa lumière placide, comme pour les réunir et les bénir.

Désormais, les Deux-Maisons n'en feraient plus qu'une.

FIN

62.170-8. — Imp. Bourse de Commerce (G. Bureau), 35, rue J.-J. Rousseau, Paris.

www.ingramcontent.com/pod-product-compliance
Ingram Content Group UK Ltd.
Pitfield, Milton Keynes, MK11 3LW, UK
UKHW022138170726
13837UKWH00004B/1640

9 782019 93141